dtv

Klabund (1890–1928), wie sich der in Crossen an der Oder geborene Apothekerssohn Alfred Henschke nannte (gebildet aus KLAbautermann und VagaBUND), veröffentlichte in seinem kurzen Leben über 70 Bücher. Unter den zahlreichen Romanen, Dramen, einer Vielzahl von Erzählungen, Schauspielbearbeitungen und Nachdichtungen chinesischer, japanischer und persischer Lyrik kommt seinen Gedichten eine besonders zentrale Bedeutung zu. Jede Zeile der etwa 1500 Gedichte verstand er als eine Kampfansage gegen bürgerliche Konventionen und Spießertum.

Der Herausgeber, Prof. Dr. Joseph Kiermeier-Debre, arbeitet neben seiner Tätigkeit als Museumsleiter, Programm- und Ausstellungsmacher auch als Dozent für neuere deutsche Literatur an der Universität München. Er ist Autor zahlreicher Bücher und Aufsätze und Herausgeber der dtv Bibliothek der Erstausgaben (bisher 55 Bde.).

Klabund

Das Leben lebt

Gedichte

Ausgewählt und herausgegeben von
Joseph Kiermeier-Debre

Deutscher Taschenbuch Verlag

Originalausgabe
Juli 2003
Deutscher Taschenbuch Verlag GmbH & Co. KG,
München
www.dtv.de

Umschlagkonzept: Balk & Brumshagen
Umschlagbild: ›Drei Schleierschwänze mit Pflanzen‹ (1957)
von Fritz Lang (© Claus-Wilhelm Hoffmann)
Gesetzt aus der Bembo 10/12˙
Satz: Greiner & Reichel, Köln
Druck und Bindung: Druckerei C. H. Beck, Nördlingen
Gedruckt auf säurefreiem, chlorfrei gebleichtem Papier
Printed in Germany · ISBN 3-423-20641-1

Inhalt

I-hi-wei: dies ist der heilige Name oder der heilige Dreiklang.
Drei ist die heilige Zahl.
Denn:
Dreimal drei Zeiten lebt der Mensch.
Am dritten Tage der dritten Berufung stirbt der Mensch.
Drei ist:
   Himmel, Erde, Mensch
   Sonne, Mond, Stern
   Stein, Blume, Tier
   Vergangenheit, Gegenwart, Zukunft
   Mann, Frau, Kind
   Sinn, Sein, Seele
   Gehen auf der Erde, schwimmen im Wasser, fliegen durch die Luft
   Der Liebende, die Geliebte und der Frühling
   Südpol, Nordpol und Erdenmitte
   Ich, Du, Es.

Aus: DREIKLANG

Ich bin und war und werde sein Klabund

Widmung

Das Es der Dinge, dem ich mich verschrieben,
Es mildert sich zum Du der Träumerei.
Ich werde ewig meine Seele lieben
In ihrer Ruh, in ihrer Raserei.
Geliebte, Ewige an meinen Mund:
Ich bin und war und werde sein Klabund.

Lebenslauf

Geboren ward Klabund,
Da war er achtzehn Jahre
Und hatte blonde Haare
Und war gesund.

Doch als er starb, ein Trott,
War er zwei Jahre älter,
Ein morscher Lustbehälter,
So stieg er aufs Schafott.

Er bracht ein Zwilling um …
(Das Mädchen war vom Lande
Und kam dadurch in Schande
Und ins Delirium.)

Der arme Kaspar

Ich geh – wohin?
Ich kam – woher?
Bin außen und inn,
Bin voll und leer.
Geboren – wo?
Erkoren – wann?
Ich schlief im Stroh
Bei Weib und Mann.
Ich liebe dich,
Und liebst du mich?
Ich trübe dich,
Betrübst du mich?
Ich steh und fall,
Ich werde sein.
Ich bin ein All
Und bin allein.
Ich war. Ich bin.
Viel leicht. Viel schwer.
Ich geh – wohin?
Ich kam – woher?

Schatten

Einem dumpfen Geiste
Bin ich untertan,
Oft fällt die verwaiste
Lust er gierig an.

Hellen Auges steh ich
In der lieben Welt,
Bis der fremde Schatten
Wieder in mich fällt.

Es hat ein Gott

Es hat ein Gott mich ausgekotzt,
Nun lieg ich da, ein Haufen Dreck,
Und komm und komme nicht vom Fleck.

Doch hat er es noch gut gemeint,
Er warf mich auf ein Wiesenland,
Mit Blumen selig bunt bespannt.

Ich bin ja noch so tatenjung.
Ihr Blumen sagt, ach, liebt ihr mich?
Gedeiht ihr nicht so reich durch mich?
Ich bin der Dung! Ich bin der Dung!

Im Spiegel

Ich sehe in den Spiegel.
Was für ein unverschämter Blick mustert mich?
Jetzt zieht er sich schon in sich selbst zurück –
Pardon: ich habe mich fixiert.
Ich will mir nicht zu nahe treten.

Meine Freunde kann ich mir an den Fingern einer
Hand abzählen.
Für meine Feinde brauche ich schon eine
Rechenmaschine.
Was bedeuten diese tiefen Furchen auf meiner Stirn?
Ich werde Kresse und Vergißmeinnicht drein säen.

Im Berliner botanischen Garten sah ich einen
Negerschädel,
Aus dem eine Orchidee sproß.
So vornehm wollen wir's gar nicht machen.
Bei uns genügt auch ein schlichtes deutsches
Feldgewächs.

Wir wollen durch die Blume zu den Ueberlebenden
sprechen,
Wie wir so oft zu den nunmehr verwesten sprachen.
Also, meine liebe Leibfüchsin:
Du kommst mir deine Blume – Prost! Blume!

Ich stehe nicht mehr ganz fest auf den Füßen.
Der Spiegel zittert.
Seine Oberfläche kräuselt sich, weil ich lache.
Da ist der Mond – er tritt aus dem Spiegel in feuriger Rüstung
Und legt seine weiße kühle Hand auf meine fieberheiße Stirn.

Resignation

Ja, so geht es in der Welt,
Alles fühlt man sich entgleiten,
Jahre, Haare, Liebe, Geld
Und die großen Trunkenheiten.

Ach, bald ist man Doktor juris
Und Assessor und verehlicht,
Und was eine rechte Hur is,
Das verlernt man so allmählicht.

Nüchtern wurde man und schlecht.
Herz, du stumpfer, dumpfer Hammer!
Ist man jetzt einmal bezecht,
Hat man gleich den Katzenjammer.

Es ist genug

Es ist genug. Mein trübes Licht
Bereit' sich zu erlöschen.
Ich hab' vertan mein Recht und Pflicht
Und meiner Seel' vergessen.

Es ist genug. Es weht ein Wind,
Weht nicht von Ost noch Norden.
Auf der Milchstraße wandert ein weißes Kind,
Ist nicht geboren worden.

Du über den Häusern heller Schein,
Wovon bist du so helle?
Stehst du um die Stirn einer Jungfrau rein
Oder brennt ein Sünder zur Hölle?

Der Schnapphans

Woher?
Vom Meer.
Wohin?
Zum Sinn.
Wozu?
Zur Ruh.
Warum?
Bin stumm.

Mein Name Klabund.
Das heißt: Wandlung.
Mein Vater hieß
Schemen.
Meine Mutter: Schau.
Schritt im Schatten
Lenkte mich löblich.
Birke im Winde
Deuchte verwandt.
Aus dem Tal
Stieg ich zu Berge.
Über Schroffen
Klimm ich zu dir.
An den Lippen
Silberner Quelle
Hing ich verdurstet,
Hing ich verdorrt.
Unter der Sonne
Stand ich erfroren.
In den Nächten
Starb ich den Schlaf.
Vogel Anmut
Blinkte bedeutend
Durch die Zweige,
Zeigte empor.
Vogel Wehmut
Donnerte dunkel
Zwischen den Felsen,
Zeigte empor.
Vogel Demut,
Scham und Schleier,
Schwebte unhörbar,
Zeigte empor.
Siehe, da neigte sich,
Gastlich mir winkend,
Abendlich schluchzend,
Schwärmender Stern.
Einsames Wesen!
Gossest mit Funken
Flüchtiger Ferne
Feuer in mich!
Ich erfaßte
Lichtes Verlocken;
Griff nach der guten
Funkelnden Hand.
Ach mich ermatteten
Mutigen Wanderer
Zog sie zum Herde,
Wies sie zur Ruh.
In der ersehnten,
In der ertönten
Eremitage
Schlug ich die Augen
Himmlisch empor.

Lied des Landstreichers

Ich werde wieder gut vor dir –
Woher mir das geschieht?
Ich fluchte, soff und stahl für vier,
Ich war ein Fuchs, ich war ein Tier –
Nun bin ich nur ein stilles Lied.

Du singst es dir in Träumen vor,
Wenn blaß der Mond am Himmel steht.
Der Wächter tutet unterm Tor.
Der Wind weht rauschend durch das Rohr –
Ich bin im Winde längst verweht …

Du und ich und dies und das

O gieb

O gieb mir deine Hände,
Der Frühling brennt im Hag,
Verschwende dich, verschwende
Diesen Tag.

Ich liege dir im Schoße
Und suche deinen Blick.
Er wirft gedämpft den Himmel,
Der Himmel dich zurück.

O glutend über Borden
Verrinnt ihr ohne Ruh:
Du bist Himmel geworden,
Der Himmel wurde du.

Auf ein Mädchen in der Dämmerung warten

Auf ein Mädchen in der Dämmerung warten –
Krähen fliegen über goldnem Garten.

Menschen streifen wie erloschne Sterne
Durch das gläsern hingegossne Ferne.

Wenn ein Kind aus einem Hause schreitet,
Ist es wie Musik, die uns geleitet.

In den Fenstern, die wir leicht erraten,
Tanzen Ladenmädchen mit Soldaten.

Auf ein Mädchen in der Dämmerung warten –
Sybil geht in einem fremden Garten.

Marietta

Kabarett zum roten Strich.
Leise flog der bunte Vogel
Über Busch und über Kogel
Unabänderlich.

Du und ich und dies und das
Unter Buchen auf dem Moose –
Eine kleine weiße Rose
Nahmst du aus dem Wasserglas.

Einmal fand ich deinen Schenkel
Kleine Rose milder Gier.
Große Mutter warst du mir,
Und ich war dir wie ein Enkel.

So wie wenn ich sterben müßte,
Dreizehn Jahre alt und jung,
Nebel und Erinnerung
Fiel ich zwischen deine Brüste.

Das Mädchen

Man wacht des Morgens hold eratmend auf.
Die Sonne blinkt durch blasse Fensterscheiben.
Man wird in dieser Welt ein wenig bleiben.
Für Leben nimmt man manches Leid in Kauf.

Man zieht sich an. Man setzt sich zum Frühstück.
Dann geht man fröhlich in den Tag spazieren.
Nebel fällt. Und Schnee. Und es wird frieren.
Fröstelnd kehrt man in sein Haus zurück.

Am Kamin sitzt man im Dämmerschein.
Ein Mann ist plötzlich da und viele Kinder.
Eins ist schon Sekretär. So wird das Leben linder.
Dann kommt die Nacht und man schläft ein.

O Glück! O Schmerz!

O Glück, so in den Tag hineinzusprühn,
Ich lasse mich bald hier- bald dorthin glühn
Von einem Mädchenblick, von einer Hand,
Die, weiß nicht wie, die meine fand
Und mich nun einen Augenblick umspannt,
Vielleicht auch zwei, vielleicht auch eine Nacht …
O Schmerz, wenn schmerzlich dann die Früh erwacht!
Das Zimmer ist so blaß, die Luft so kalt,
Das Herz so müde – und das Weib so alt.
Und jene Hand, die Licht in Nacht geblößt,
Hängt steif am Bettrand, irgendleidbeschwert,
Ist nur gefaßt noch, nicht begehrt,
Hat mutlos sich und stumm und wie ein weißer Traum von
uns gelöst.

Als du gestern von mir gingst

Als du gestern von mir gingst,
Glaubte ich,
Die Nacht verschlänge dich auf ewig.
Heut, da ich dich nicht sah:
Wie leer war mein Herz.
Die Welt
Ohne dich.
Aber jetzt
Bist du wieder da –

Die Luft ist voll von deinem Duft

Die Luft ist voll von deinem Duft,
O süßer Leib du von Jasmin!
Die Uhr schlägt drei. Am Horizont
Die ersten rosa Wolken ziehn.

Die ersten rosa Wolken ziehn
Am Horizont. Die Uhr schlägt drei.
O süßer Leib du von Jasmin,
Die Luft ist voll von deinem Duft!

Zwiegespräch

»Du gabst mir immer wieder
Dein Herz und deine Lieder,
Ich nahm sie sorglos hin.
Nun muß ich dich betrüben:
Ich darf dich nicht mehr lieben,
Weil ich nicht dein mehr bin.«

»Und liebst du einen andern,
Will ich ins Weite wandern,
Mir wird so enge hier.
Wie schmerzlich blüht der Flieder!
Mein Herz und meine Lieder,
Ich lasse sie bei dir.«

Die Mondsüchtige

Wandelnd auf des Daches First,
Auf der Mauer schmalem Rande,
Schreitet sie, die Hohe, Milde,
In des Mondes sanftem Licht.

Wie Musik ertönt ihr Schweben,
Ihre Füße gleiten gläsern.
Ihre Hände klingen leise,
Ihre Augen sind geschlossen.

Hinter ihr der treue Diener
Achtet ihrer Schritte, daß sie
Über einen Strahl nicht strauchle,
Sorglich hütet sie: ihr Schatten.

Gottgeheimnis, Götzenzauber,
Weiße Statue der Sehnsucht
Schreitet sie: ich streck' vergeblich
Meine Hände nach ihr aus.

O wie halt ich die Entschreitende,
O wie bann ich die Entgleitende,
Aber ruf' ich: stürzt sie nieder.
Aber schrei ich: ists ihr Tod.

Und so schreitet sie vorüber,
Ist auf ewig mir verloren.
Eine Wolke löscht den Mond aus.
Einsam stehe ich im Dunkeln.

Mond und Mädchen

Es kriecht der kahle Mond durch Zweiggeäder,
Ob wo im Haus ein Mädchen wohnt,
Ein warmes Bett, ein daunenweicher Leib,
Es wärmt zur Winternacht sich gern ein jeder …
O Mädel, bleib, du schlanke Zeder!

Der Mond tastet am Fensterglase
Und zittert vor Begier und Frost …
Das Mädel schlägt ihm vor der Nase
Die Läden zu und höhnt: Gib Ruh!
Alten Gliedern ziemt nicht junger Most!

Er aber hat den Finger in der Fensterspalte,
Ob ihrer Kissen eine Falte er nicht erspähe,
Er ihre Blicke, braune Rehe,
Über der Brüste Sommerhügel
Zärtlich schreiten sehe.

Kukuli
(Für Carola Neher)

Kleiner Vogel Kukuli,
Flieh den grauen Norden, flieh,
Flieg nach Indien, nach Aegypten
Über Gräber, über Krypten,
Über Länder, über Meere,
Kleiner Vogel,
Laß die schwere Erde unter dir
Und wiege dich im Himmelsäther –
Fliege zwischen Monden, zwischen Sternen
Bis zum Sonnenthron, dem fernen,
Flieg zum Flammengott der Schmerzen
Und verbrenn' in seinem Herzen!

Als sie die ihr geschenkte Kristallflasche in der Hand hielt

Brechen sich im Glas die Strahlen,
Bricht das Glas sich in den Strahlen?
Glänzt dein Auge in der Sonne,
Glänzt die Sonn' in deinem Auge?
Liebt dein Herz mich?
Herzt mich deine Liebe?
Seliges Verdämmern:
Denn wir sterben unser Leben
Und wir leben unsren Tod.

Als sie zur Mittagszeit noch schlief
(Für Carola Neher)

Zwar es ist schon Mittagszeit,
Sonne steht schon hell am Himmel –
In den Straßen: welch Gewimmel,
In den Herzen: welches Leid –
Manches Segel bauscht der Wind,
Mancher Kutter bleibt im Hafen –
Du sollst schlafen, du sollst schlafen,
Du sollst schlafen, liebes Kind.

Siebzigmal littst du Haitang,
Fünfzigmal starbst du Johanna –
Schmecktest Süßigkeit und Manna,
Wenn der Quell der Qualen sprang.
Süßes, junges Blut – es rinnt –
Küsse, Dolche flammten, trafen –
Du sollst schlafen, du sollst schlafen,
Du sollst schlafen, liebes Kind.

Einmal endet sich das Spiel,
Einmal endet sich das Grausen,
Und die Ewigkeit wird kühl
Dir um Brust und Schläfen sausen.
Sand deckt dich wie Wolle lind,
Und der Hirte bläst den Schafen –
Du sollst schlafen, du sollst schlafen,
Du sollst schlafen, liebes Kind.

Der südliche Herbst
Für Anny

II

Noch sind voll grünem Laube die Platanen.
Die Reben hängen an den Stöcken schwer.
Die Menschen frieren in den Eisenbahnen
Voll Ahnung frühen Winters allzusehr.

Ja: morgen ist die letzte Traubenlesung;
Dann gibt der Winter uns den milden Wein
Und schenkt uns Wehmut und Verzweiflung ein.
Ich rieche dich im Laube der Verwesung …

Nacht im Coupé

Sternschnuppen in der Nebelnacht?
Die Funken der Lokomotive,
Sie haben der Seele Reisig entfacht,
Der Liebe verstaubte Briefe.

Briefe, die ich lange trug,
Sie flammten im Funkenregen.
Da war ich frei – mein Herz, es schlug
Dem Morgenrot entgegen.

Liebeslied

Dein Mund, der schön geschweifte,
Dein Lächeln, das mich streifte,
Dein Blick, der mich umarmte,
Dein Schoß, der mich erwarmte,
Dein Arm, der mich umschlungen,
Dein Wort, das mich umsungen,
Dein Haar, darein ich tauchte,
Dein Atem, der mich hauchte,
Dein Herz, das wilde Fohlen,
Die Seele unverhohlen,
Die Füße, welche liefen,
Als meine Lippen riefen –:
Gehört wohl mir, ist alles meins,
Wüßt' nicht, was mir das liebste wär',
Und gäb nicht Höll' noch Himmel her:
Eines und alles, all und eins.

Nachts

Ich bin erwacht in weißer Nacht,
Der weiße Mond, der weiße Schnee,
Und habe sacht an dich gedacht,
Du Höllenkind, du Himmelsfee.

In welchem Traum, in welchem Raum,
Schwebst du wohl jetzt, du Herzliche,
Und führst im Zaum am Erdensaum
Die Seele, ach, die schmerzliche –?

Du warst doch eben noch bei mir

Du warst doch eben noch bei mir,
Ich war doch eben noch bei dir –
Ging denn die Tür?
Sprang auf das Haus?
Und gingst du ohne Gruß hinaus?

Es ist so dunkel. Dämmert es?
Hier klopft ja was. Was hämmert es?
Klopft denn die Wand? Tropft denn die Kerz'?
Es klopft und tropft und klopft mein Herz.

Die Liebe ein Traum

Ein letzter Kuß streift ihre Wimpern, und
Ermattet von der Lust schließt sie die schönen,
Die müden Augen, atmet tief – und schläft.
Schon hebt sich leicht die Brust,
Senkt leicht sich
Dem Traum entgegen
Wie Mond dem Meer,
Wie Welle sich an Welle schmiegt
Und fällt
Und steigt.
Ich rühr mich kaum, damit ich sie nicht wecke,
Doch wie ihr leiser Atem mich
Wie Mohnduft trifft,
Bin ich entzündet und vom stummen Glanz der Glieder
Entflammt.
Ich neige mich zu ihr und liebe sanft
Die Schlafende, die einmal nur im Traum
Wie eine Taube
Verschlafen gurrt
Und seufzt. –
Sie träumt
Vielleicht,
Daß ich sie liebe …

Ich liege auf dem Grunde alles Seins

Alles, was geschieht

Alles, was geschieht,
Ist nur Leid und Lied.
Gott spielt auf der Harfe Trost sich zu.
Welle fällt und steigt.
Ach wie bald schon neigt
Sich dein Haupt im Tod. Dann lächle du.

Der weisse Schnee.
Der braune Baum.
Die Wand: wie nah.
Blau: blauer Raum.

Die Matte schmilzt
Im Februar.
O Licht, du stillst,
O Licht, du willst,
Was willig war.

Gegeben ganz
Dem goldenen Geist,
Grüß ich den Kranz,
Der mich umkreist.

Die Glocke

Die Glocke dröhnt
Und stöhnt
Die Stunden in die Welt.
O, wer sie dieses Zwangs entbände!
Sie ist bis an ihr Ende
Bestellt,
Daß klingend sie ihr Herz ins Nichts verschwende.

Die Sonnenuhr

Wie bist du doch in eine Welt
Von Tag und Glanz hineingestellt!
Dich treibt der Strahlen Her und Hin
Erst zur Besinnung und zu Sinn.
Auf deines Bilds besonntem Runde
Zeigt grau der Zeiger Stund um Stunde.
Wie golden früh- und spätre Stunde funkelt!
Die gegenwärtige allein ist schattenschwarz umdunkelt.

Der Springbrunn

Im Stadtpark wird der Springbrunn angedreht.
Der Strahl schießt auf, tönt, steigt und steht
Für einen Augenblick,
Gehalten von der Sonnenfaust.

Und wie der Strahl dann in die Tiefe saust:
Wasser stieg auf, Glanz fällt zurück.

Wanderung

Ich bin so alleine,
Wer ist denn bei mir?
Es sprechen die Steine;
Es lächelt das Tier.

Ihr Vögel habt Flügel;
Es drückt mich der Schuh.
Ihr Bäume, ihr Hügel,
O kommt auf mich zu!

Umarme mich, Tanne!
Ich sinke so hold.
O, tränke mich, Kanne
Des Mondes, mit Gold!

Wo werden wir rasten?
Das Dunkel weht kalt.
Wir liebten, wir haßten,
Nun wurden wir Wald.

Uns ist gegeben

Uns ist gegeben:
Ein wolkiges Lächeln,
Ein stürmisches Segel,
Ein waldiger Schatten,
Ein mildes Gestirn.

Wir binden die Blüten
Im Frühling. Wir heben
Die Früchte vom Baume
Und keltern den Herbst.

Und winket der Winter
Mit schwingenden Tänzen,
Und locken die Nächte
Mit tönendem Wein:

Uns zittern die Füße,
Uns dämmern die Augen,
Uns sinken die Hände
Die leeren, die schweren –
Verschüttet am Boden
Rollt spielendes Blut.

Die Kinder verlachen
Die Tränen der Alten.
Sie deuten das Läuten
Verdunkelter Glocken
Am Abend als Hoffnung,
Am Morgen als Sieg.

Ich hab am lichten Tag geschlafen

Ich hab am lichten Tag geschlafen.
Es weint das Kind. Es blökt das Rind.
In meinem Weidentraume trafen
Sich Leiseklug und Lockenlind.

Kaum weiß ich noch, warum ich lebe.
Vereist mein Blick. Mein Blut verstürmt.
Wenn ich die Brust im Atmen hebe,
Sind Felsen über sie getürmt.

Die Schwester auch am Nebelhafen,
Sie bietet süße Brust dem Wind.
Vor klingender Taverne trafen
Sie Leiseklug und Lockenlind.

Den Sternen, die am Himmel pochten,
Warf Köcher ich und Becher hin.
Ich bin mit Mohn und Tod verflochten
Und weiß nicht mehr, ob ich noch bin.

Frühlingsgewölk

Frühlingsgewölk. Die Stare
Singen schön.
Die ersten Regentropfen trillern
Am Dach.

Die Wetterfahne weht
Nach Süden.
Die kleine Wiese
Weiß viel.

Träum ich die Tanne?
Träumt die Tanne mich?
Es lebt und stirbt
Sich leicht.

Am Luganer See

Durchs Fenster strömt der See zu mir herein,
Der Himmel auch mit seinem Mondenschein.
Die Wogen ziehen über mir dahin,
Ich träume, daß ich längst gestorben bin.
Ich liege auf dem Grunde alles Seins
Und bin mit Kiesel, Hecht und Muschel eins.

Irene: Du bist bei mir. Ich bin bei dir

Liebst du ewig?
Ich liebe heute.
Heute ist unsere Ewigkeit.
Heute ist unser Kometensturz.
Heute rollt der Schollenschwung
Indischer Eiszeit
Über uns liebendes Land hinweg.

Möge der Sterne
Springbrunn zerstäuben,
Möge der Sonne
Strahlender Pfirsich
Schmelzend zergehn!
Heute liebte ich
Deine Liebe,
Heute lächeltest
Du mein Lächeln.
Heute liebten wir
Ewig uns.
Eine stürmische Stunde war
Alle Ewigkeit unser.

Noch spüre ich den Ruch
Von deinem Schoß
An meinen Fingerspitzen.
Noch schwebe ich,
Ein seliges Schiff,
Auf blondem Flusse
Ganz bekränzt.
Um meine Stirne
Schwirren Bienen bunt.
Die Blüte rauscht:
Lupinen! Fernes Feld!
Weit offen
Steht das Tor der nächsten Nacht.
Mein Herz:
Ja, tausendfach erglüht im Dunkeln
Herz neben Herz im milden Morgenwind.

Gott hat uns leicht und schwer gemacht.
Du hast geweint. Ich hab gelacht.
Du hast gelacht. Ich hab geweint.
So Sonn und Mond am Himmel scheint.

Die Stunde steht, die Wunde brennt,
Die Sonne sinkt vom Firmament.
Du bist bei mir. Ich bin bei dir.
Das Zimmer ist voll Goldgetier.

Hier kriecht es schwer, dort fliegt es leicht –
Wie ist die Wand so bald erreicht!

Dein kühler Mund auf meiner Stirn –
Die himmlischen Raketen schwirrn.
Die Seele stürzt. Ich weiß es nicht,
Warum mein Aug in Tränen spricht.

Eine Nacht wie diese
Will ich nun nicht mehr
Auf der weißen Wiese
Liegt der Schnee so schwer.

Auf dem blauen Himmel
Lasten Mond und Stern.
Auf dem roten Herzen
Ruht dein Herz so gern.

Tausend Seufzer gehen
Hin und her.
Keiner konnt verwehen,
Stürmt es noch so sehr.

Liebesblicke viel
Sprangen hin und wieder.
Keiner fiel
Je zu Boden nieder.

Küsse haben wir gesogen,
Tausendfältig, ich und du.
Alle sind verflogen –
Liebste, warum zögerst du?

Einmal muss das Leid doch enden
Und der Tränenstrom versiegen.
Einmal muß der Stein sich wenden
Und entbrannt zum Lichte *fliegen!*

Kein Brief heute morgen.
Alle Postboten
Sind erfroren.
In den Lawinen
Stecken die Züge.

Alle Briefkästen in Basel
Barsten.
Die Briefe, die an mich bestimmt,
Flatterten,
Weiße Möwen,
Ueber den Rhein.
Eine, hoch schon am Himmel,
Schreit.
Irene!

Wenn ich in Nächten wandre

Wenn ich in Nächten wandre
Ein Stern wie viele andre,
So folgen meiner Reise
Die goldnen Brüder leise.

Der erste sagts dem zweiten,
Mich zärtlich zu geleiten,
Der zweite sagts den vielen,
Mich strahlend zu umspielen.

So schreit ich im Gewimmel
Der Sterne durch den Himmel.
Ich lächle, leuchte, wandre
Ein Stern wie viele andre.

Passauer Distichen

Unter blühenden Kirschen im mächtig sprossenden Grase
Liegen die Liebste und ich. Schatten breitet der Baum
Über das grüne Bett mit weißen Blüten durchmustert.
Blüten mit leichter Hand schüttelt der Frühling herab.
Doch von des Mädchens Lippe pflück ich die süßesten Früchte,
Fällt ihr ein Blatt auf den Mund, küß ich es zärtlich hinweg.
Also ein gütig Geschick uns Herbst und Frühling vereinte:
Schwebt die Blüte vom Baum, reift auf dem Mund sie zur Frucht.

Wiegenlied für mich

O ich liege weit
Außer Raum und Zeit,
In der Sonne lieg ich still und weiß.
Schnee bekränzt mich licht,
Himmel mein Gedicht,
Und die Wälder läuten laut und leis.

Aus der Tiefe steigt
Blond ein Haupt und neigt
Seiner Locken liebliches Gespenst,
Seele du der See,
Seele du der Schnee,
Seele, Seele, Sonne wie du brennst!

So setz ich ohne Ruh
Schlaflos hier Strich um Strich.
War nichts so gut wie du,
War nichts so bös wie ich.

Nichts war so schwarz wie ich,
Nichts war so blond wie du.
O bleibe, ewiglich,
Ruhlose, meine Ruh!

Wiegenlied für Irene

Einen Sommer lang
Goldne Glocke schwang,
Rief zu immer holderem Tag.
Schlugst das Aug du auf,
Lag mein Kuß darauf,
Und dein Herz in meinen Händen lag.

Einen Sommer lang
Lied und Lachen klang,
Und wir waren ganz vor Glück entbrannt.
Schlang und Eidechs kam,
Und gezähmt sie nahm
Süßigkeit aus deiner guten Hand.

Einen Sommer lang
Mit dem Engel rang
Ich, daß ewig dieser Sommer sei.
Ach, ich war zu schwach,
Und im Herbste brach
Sensenmann das Ährenglück entzwei.

Dieser Sommer war
Voll wie hundert Jahr,
Die des Gottes Gnadenblut durchdrang.
Schenke sein Geschick
Unsrem Kind ein Glück
Viele, viele, viele Sommer lang.

Du nahmst in deinen Händen
Mein Herz mit in den Katafalk.
Ich bröckle aller Enden
Wie Kalk.

Bald werd ich nicht mehr ich sein,
Nur immer du.
Und Friede wird für mich sein
In deiner Ruh.

Mein Schmerz, er wird verschmerzt sein
Von mir.
Mein Herz, es wird geherzt sein
Von dir.

Ich seh's an deinem Bilde, auch du leidest,
So himmelweit von mir entfernt zu sein.
Ich fühl, wie du die Engelspiele meidest
Und wie du traurig bist, besternt zu sein.

Ich bin nur deines Schattens schmaler Schatten.
Du bist so hell. Ich bin so dunkel ganz.
O wirf den goldnen Käscher nach dem Gatten
Und zieh hinüber ihn in deinen Glanz!

Wie mancher vor des Fürsten strengem Schein
In knabenhafter Niederkeit erstirbt:
So sterbe ich vor dir. Die Grille zirpt.
Und dieser Tag wird wohl der letzte sein.

Ach, daß ich dennoch übers Grab hinaus
Die Arme ewig nach dir breiten werde!
Ich kehre nie zu meinem Vaterhaus,
Und fremde Erde ist wie keine Erde.

Komm zur Stunde der Gespenster,
Daß kein Blick dich mehr berühre.
Komm mit einem Stern durchs Fenster,
Mit dem Windstoß durch die Türe.

Leg zu mir dich in die Kissen,
Laß uns Wang an Wange schweigen,
Bis in flammenderen Küssen
Wir uns zueinander neigen.

Nimm mich mit dir, wenn du scheidest
Beim Gesang der Philomele.
Leiden will ich, was du leidest,
Selig sein in deiner Seele.

Umhalse mich. Ich friere.
Ich liege so allein in deinem Bett.
Mein Mund sucht deine Lippen,
Meine Hand deine Hüfte.

Ich sah zwei Liebende am See.
Ich sank am Boden hin.
Ich sah ein blondes Kind;
Ich starb den ersten Tod.

Nie wieder wärmt mich deine Wange,
Nie wieder lächelt deine Stirn.
Nie wieder werden wir nach Rosenkäfern haschen.
Nie wieder weinen einer in des andern Aug.

Meine kleine Schwester
Hat der Wind begraben.
Meine kleine Schwester
Ist verweht.

Nachts am Fenster
Rüttelt sie und flüstert.
Möchte stürmisch
In die Welt zurück …

Gaukle, Gestade,
Mir doch kein Gold vor!
Keinen hellen Tag mir,
Sonne!
Winselt, Wolken!
Schluchze, Obstverkäufer!
Knarrt, Platanen –
An den Ästen ächzen
Die Gehängten.
Welcher Vogel dort
Überm Berge schreit?
Schon seit Wochen zieht er seine Kreise
Überm Felsen,
Wo der Jäger ihm sein Weibchen schoß.

Die Birnen läuten im Chorgestühl
der Baumkirchen.
Hangend am Gesträuch des Westwindes glaubte ich ewig
dem silbernen Geräusch.
Der Mond umarmt die sanfte Hyazinthe.
Ich weiß, was mir bestimmt ist,
Und wie die Stimmen der kleinen Gaukler nur tönen im
Turm und wie die Wasserrinnen klopfen so trostlos.
Singe doch, Wand!
Rausche doch, Vorhang!
Und ihr Tassen und Teller, die sie in ihren Händen hielt,
Klappert, klappert!
Es singen am Fenster immer ein Mann und ein Mädchen,
Zwei Töne nur,
Und des Tages finde ich sie nicht, wenn ich singen
will.
Mein Zimmer ist voll Wind und meine Stirn voller
Stürme.
Du rufst mich immer
Wie aus dem Stein hervor,
Du lächelst immer
Wie ganz vergangen.
Ich grabe mich in dein Gedächtnis,
Ich streichle deinen Schuh,
Ich schlafe in deinen seidnen Kleidern auf deinem Bett,
Ich weine nächtelang vor deinem Spiegel.
So oft umschlang er dich;
Ach, warum hielt der Glänzende dich nicht,
Dich nicht die Liebe?

Sonne scheint und Mond versinkt,
Ziegen klettern an den Hügeln.
Mädchen sind mit bunten Flügeln
Wie die Sittiche beschwingt.

Berg steht veilchenviolett.
Die Kastanienblätter knistern,
Und von ihren Kindern flüstern
Liebende im goldnen Bett.

Bin ich Echo? Bin ich Ruf?
Schimmernd fühl ich Tränen steigen;
Und ich muß die Kniee neigen
Vor dem Grabmal, das ich schuf.

Du wehst um meine Wangen,
Du lächelst aus dem Licht.
Ich bin von dir umfangen
Im herbstlichen Gedicht.

Ich bin von dir umründet,
Ich bin von dir umhallt.
Ich bin mit dir verbündet:
Gestalter und Gestalt.

Ich bin von dir umgeben,
Ich bin von dir umkreist.
Mein Sterben und mein Leben
Sind Geist von deinem Geist.

Einmal noch den Abend halten

Einmal noch den Abend halten
Im versinkenden Gefühl!
Der Gestalten, der Gewalten
Sind zu viel.

Sie umbrausen den verwegnen Leuchter,
Der die Nacht erhellt.
Fiebriger und feuchter
Glänzt das Angesicht der Welt.

Erste Sterne, erste Tropfen regnen,
Immer süßer singt das Blatt am Baum.
Und die brüderlichen Blitze segnen
Blau wie Veilchen den erwachten Traum.

JEDEN TAG MUSS ICH GEWÖHNEN
Mich aufs neu an dieses Leben.
Glocken hin und wieder dröhnen,
Wolken auf und nieder schweben.

Und ein Strom von Tränen fließ ich
Aufwärts wie ein Regenbogen.
In den Himmel schon ergieß ich
Meine Wellen, meine Wogen.

Engel neigen ihre Wangen,
Kühlen ihrer Augen Brände.
Und der schönste kommt gegangen,
Und er netzt sich seine Hände.

Nun bin ich ohn Beschwerde

Nun bin ich ohn Beschwerde,
Nun bin ich ohne Leid;
Tief unter mir die Erde
Liegt wie ein Stern so weit.

Und was ich je gelitten
Um dich und deinen Tod,
Ist von mir abgeglitten
Wie Rauch im Abendrot.

Gesühnt ist meine Fehle.
Gott will mir Gutes tun.
Ich darf bei meiner Seele
Noch heut im Brautbett ruhn.

Das Leben lebt – Irene, die mich aufwärts hebt

Die Sonette auf Irene

I

Ich traf den Engel von der Mondkohorte
Am Friedhofstor. Er führte mich die Pfade.
Er badete in meinem Tränenbade
Die Trauerweide, die am Grabe dorrte.

Ihr toter Leib ist noch wie Sonnengnade.
Die Blumen sprießen hell in seinem Horte.
Aus seiner weit emporgerissnen Pforte
Treten Kamelie, Rose, Dahlie, Rade.

Pflück eine Blume dir von ihrem Haupte,
Das so voll blonder Sonne war wie keines,
Das nur dem Licht und nur dem Lichten glaubte,

Und flüchte in die Einsamkeit des Haines,
Der euch so oft zu zweit dem Werktag raubte.
Und auf die Blume hin: dein Herz verwein es …

III

Und immer, wenn die Türe ging, du lauschtest,
Ob ich nicht käme. Und ich war so weit
Und wußte nichts von deinem letzten Leid,
Und daß du mit dem Tod schon Blicke tauschtest.

Wie eine Fledermaus im Dunkel rauschtest
Du zaubrisch zwischen Zeit und Ewigkeit.
Du schriest nach mir wie eine Eule schreit,
Und immer, wenn die Türe ging, du lauschtest …

Die Totenglocke hat um eins gebimmelt.
Ich bin verschlafen aus dem Traum geschreckt.
Ich sah mein Haupt wie einen Pilz verschimmelt

Und meine Brust mit Messern ganz besteckt.
Mit Sternen war die Nacht wie nie behimmelt.
Ich schlief, bis mich ein Donnerschlag geweckt.

IV

Es war November. Draußen stob der Föhn.
Das Lob der Heimat schien dich zu beglücken.
Wir mußten näher aneinanderrücken,
Um Donau, Inn und Oberhaus zu sehn.

Und unsre Wangen streifen sich und wehn.
Blut klopft an Blut. Wir sehn in unsren Blicken
Erfüllung glänzen, lächeln, jubeln, nicken.
Und Lippe sank auf Lippe engelschön.

Nicht suchte Hand nach Hand. Es klang kein Wort.
Die Uhr im Zimmer tickte unverdrossen.
Und unsre Herzen schlugen fort und fort

Wie Wellen, die ins große Meer geflossen.
Du standest auf. Das Buch lag noch am Ort.
Leis hast du hinter dir die Tür geschlossen.

VII

Schon sieben Tag und Nächte muß ich weinen,
Und immer wieder fließt der Fluß der Tränen.
Und immer wieder will das Herz sich dehnen,
Sich flügelnd mit dem Ewigen zu vereinen.

Entflög es doch und fänd sich bei der Einen
Als Kissen ihrem Fuß, darauf zu lehnen,
Wenn die Schalmein der schönen Engel tönen,
Zum Lob gestimmt der Einen ganz All-Einen.

O wär mein Herz ihr Schemel, drauf zu ruhn,
Wenn sich das Haupt in Wolkenkissen schmiegt.
Ich will nichts wissen, wollen oder tun.

Ich will nur bei ihr sein, und leicht gewiegt
Von ihren himmlisch zarten Silberschuhn
Erbebt mein Herz, das ihr zu Füßen liegt.

VIII

Kämst du doch eine Nacht, wie ich dich kannte,
Im leichten Hemd zu mir ins Bett geschlüpft!
Die goldne Schnur der Küsse war geknüpft
Aus Sternenfäden, die Urania sandte.

Der Mond sein Licht auf unser Spiel verwandte,
Das er mit kleinem Heiligenschein getüpft.
Er zitterte, wenn ich das Hemd gelüpft
Und deine Brüste rot mit Küssen brannte.

In einer Nacht wie dieser ward das Kind.
Du weißt es noch und fühltest, daß es werde.
Im Schneewald sang des Februares Wind.

An Schlitten klang Geläut der Nebel-Pferde.
Du sprachst: Weil wir nun eins geworden sind,
So steigt im Kind der Himmel auf die Erde.

XVII

Nachts steige ich mit Lampe, Hammer, Schippe
In Sturm und Regen übern Friedhofszaun.
Ich taste glücklich mich und ohne Graun
Durch alle Gräber zu der heiligen Krippe.

Ich schaufle und zerbrech den Sarg. Die Lippe
Seh ich im Scheine der Laterne blaun.
Und deine halbgeschlossnen Augen schaun
Nach innen auf den Tanz der Engelsippe.

Und meine Lippen küssen dein Skelett.
Sie neiden dem Gewürm die schönsten Brüste.
Der faule Sarg dünkt mich ein Himmelsbett.

Umarmung deines Todes: frömmste Lüste!
Ich schließe schluchzend das gekreuzte Brett,
Und regnend spült's mich an die irdsche Küste.

XVIII

Nie wieder wird ein Sommer sein wie dieser,
Den wir gemeinsam Hand in Hand durchschritten.
Kein leises Leid und keinen Streit erlitten
Wir im Genuß des Glückes. Immer süßer

Erweckte uns der Tag noch ganz inmitten
Der Lust der Nacht. Als heitre Liebesbüßer
Bestiegen wir den Berg, des Frührots Grüßer,
Und sind wie Vögel durch die Luft geglitten.

Nie schien so jung der graue Greis von siebzig,
Nie haben junge Herzen so gebebt,
Nie hat die Sonne so in Glanz zerstiebt sich,

Nie sind so Kinder durch den Tag geschwebt,
Nie haben je die Menschen so geliebt sich,
Nie ward das liebe Leben so gelebt.

XXVII

Nur dir soll künftig meine Flöte klingen,
Und jedes Wort soll lieb- dich und lobpreisen.
Ich will in zarten und in wilden Weisen
Ein Echo deiner in die Reime zwingen.

Ich will dir kniend meine Bücher bringen
Und mit dem Vogel Bülbül zu dir reisen.
Er soll an deinem Grab mit holdem leisen
Gezwitscher deines Todes Anmut singen.

Ich bin nur selig, weil es du ja bist.
Ich bin nur glücklich, weil in meinem Arm
Du's warst. In der Erinnerung hock und nist

Ich wie ein armer Kauz, verweht und warm,
Und warte bis zur Auferstehungsfrist,
Wo du mich rufst zum süßesten Alarm.

XXIX

Ich möchte sterben mittags in der Sonne.
Die Spatzen werden krähn. Die Pferde blinken.
Am Brunnen wird ein armer Ziehhund trinken.
Ein Kind geht tändelnd an der Hand der Bonne.

Ein Käfer schwirrt in Auferstehungswonne.
Zwei Liebende seh ich einander winken.
Es zacken trotzig sich des Domturms Zinken;
Im blauen Äther lächelt die Madonne.

Das Leben lebt. Ich hör es, seh es, fühl es!
Ob ich dabei, was schiert sich's drum? Es lebt.
Im leichten Tanz des ewigen Gewühles

Die Brust der Erde auf und nieder bebt.
Ich fühle an der Stirn ein klares kühles
Gewölk – Irene, die mich aufwärts hebt.

XXX

Der erste Monat, seit du starbst, ist um.
Ich schrieb an jedem Tag dir ein Sonett,
Und bracht es abends an dein Himmelbett.
Du lauschtest ihm, die Augen zu und stumm.

Und glaubt ich, daß es dich ermüdet hätt,
Verscheuchte ich des Bienenvolks Gesumm.
Du schliefst. Dein Schlaf war mein Martyrium.
Und dein Erwachen wird mein Amulett.

Und wen sein Mensch verließ am Wanderstab,
Dem reich ich ein Sonett zum kargen Trost.
Den tausend Tränen, die er weinte, gab

Die Schale ich. Die Gottheit wägt und lost.
Das höchste Glück sinkt in das tiefste Grab.
Der Strom der Ewigkeiten stürmt und tost.

… hätt ich nicht das Wort

Prolog

Ich sitze hier am Schreibetisch
Und schreibe ein Gedichte,
Indem ich in die Tinte wisch
Und mein Gebet verrichte.

So giebt sich spiegelnd Vers an Vers
In ölgemuter Glätte.
Nur selten fragt man sich: Wie wärs,
Wenn es mehr *Seele* hätte?

Die Seele tut mir garnicht weh,
Sie ist ganz unbeteiligt.
Nackt liegt sie auf dem Kanapee
Und durch sich selbst geheiligt.

Des Abends geh ich mit ihr aus,
Im Knopfloch eine Dahlie.
Ich selber heiße Stanislaus,
Sie aber heißt Amalie.

Der Dichter im Winter

Die Stadt in Schnee und kühlem Mondlicht liegt.
Die Schlitten schweben und der Nordwind schweift.
Soldaten gehen glitzernd und bereift,
Und Frauen sind in Pelze eingeschmiegt.

Wo winkt ein Fasching, daß du dich entlarvst?
Bewahr dein heißes Herz zu eigener Tat
Und hoffe, daß ein holder Frühling naht,
Wo du es wieder allen zeigen darfst …

Winterschlaf

Indem man sich nunmehr zum Winter wendet,
Hat es der Dichter schwer,
Der Sommer ist geendet,
Und eine Blume wächst nicht mehr.

Was soll man da besingen?
Die meisten Requisiten sind vereist.
Man muß schon in die eigene Seele dringen –
Jedoch, da haperts meist.

Man sitzt besorgt auf seinen Hintern,
Man sinnt und sitzt sich seine Hose durch, –
Da hilft das eben nichts, da muß man eben überwintern
Wie Frosch und Lurch.

Der Leierkastenmann

Ich bin der Leierkastenmann
Und drehe meine Kurbel,
Tags steh ich in den Höfen rum
Mit meiner alten Urschel.

Ich spiel ein wunderschönes Lied,
Die Köchin schaut herunter.
Die alte Urschel ist bemüht
Und hält den Teller unter.

Da fällt ein Pfennig und ein Herz
Wohl in Papier gewickelt,
Jedoch der alte Rechnungsrat
Schenkt manchmal einen Nickel.

Ich bin der Leierkastenmann
Und dreh an meiner Kurbel.
Ich weiß noch, wie ich achtzehn war
Und siebzehn meine Urschel …

Ballade vom Wort

Was wollen die großen Worte?
Sie rollen wie ein Kiesel klein
Am Weg, an der Straßenborte
In den Morgen ein.

Sie hängen an manchem Baume
Wie Früchte halbgereift.
Sie haben von manchem Traume
Den zarten Puder gestreift.

Sie schmecken wie Galle so bitter.
So spei sie aus dem Spiel!
Sie sitzen im Fleisch wie Splitter.
Ein Wort ist schon zuviel.

Ein Wort schon ist Mord schon am Himmel.
So schweige und neig dich zum Herd.
Stumm lenkt durch das Sternengewimmel
Der Herr sein ewiges Gefährt.

Ich würde sterben, hätt ich nicht das Wort,
Das meine flüchtigen Gedanken hält,
Das sie bewahrt für die und jene Welt;
Es schützt mich, daß mein Lebensbaum verdorrt,
Es reißt den Schreitenden zum Schweben fort.
Ich würde sterben, hätt ich nicht das Wort.

Wenn ich gehe zu Gott,
Trag ich in Händen das Wort.
Nimm es zurück! Ich tat,
Was du erwähltest, mit ihm:
Tötete mit dem Wort,
Zeugete mit dem Wort.
Nimm es zurück! Und schaff
Leicht mir die Hände und leer.
Müde ward ich der Macht.
Kränze klingen zur Stirn.
Um meine Schläfen der Schlaf
Rührt die Flügel bereits.
War am Anfang das Wort,
Ist es am Ende nun:
Logos lebt. Er erhellt
Wunder, Wesen und Welt.

Der himmlische Vagant

Der himmlische Vagant
Ein lyrisches Porträt des François Villon

François Montcorbier, genannt Villon,
Geboren Vierzehnhunderteinunddreißig,
Als Schüler faul, als Buhler strebsam fleißig,
Aus dunkelstem Paris, und darob lichtscheu.
Mit Faltern schwebend, Blüten blühend, pflichtscheu,
Bekannt von Meung sur Loire bis Roussillon,
Der Leibpoet des Herzogs von Bourbon
Und Leibpoet des letzten Straßenweibs,
Bedacht auf sondre Art des Zeitvertreibs,
Landstreicher, Gauner, Dieb, Zechpreller – und
Hündischer oft traktiert als der geringste Hund,
Um eines Haares Breite Mörder gar,
Mitglied der Bruderschaft der coquillards –
Liegt hier begraben: was er lebt und litt,
Teilt er euch in des Meisters Werken mit.
Lag seine Stirn im Kot, sein armer Leib im Kofen,
Aus seinem Munde klang ein goldner Chor von Strophen.
Die Hand, mit Blut befleckt, schrieb heiligstes Gedicht.
Das erdendunkle Herz entzündet Sternenlicht.
Als er am Himmelstore angelangt,
Hat die Madonna selbst gebetet und gebangt.

Gottvater ließ ihn gnädig in den Himmel ein:
Weil du mich stets gesucht, sollst du willkommen sein.
Gefunden hast du mich. Du bist Poet nicht mehr.
Tritt als ein Engel in das selige Engelheer.

Da lächelt Villon ernst – und schluchzt mit einemmal:
Ich komme aus der allertiefsten Hölle Qual.
Läßt du die Mörder, Diebe, Fälscher, Ehebrecher,
Die Dirnen, Räuber, Säufer, Gauner, Degenstecher,
Die meine Brüder sind, nicht in den Himmel ein,
So soll die Seligkeit mir nicht vorhanden sein.
Nicht eine Stunde blieb ich selig, wenn ich wüßt,
Daß in der Höll ein armer Bruder leiden müßt.
Gottvater, lebe wohl! Ich will kein Heuchlerglück!
Zu meinen Brüdern kehr ich in die Höll zurück.
Und bin erst wieder hier, wenn die Posaune lehrt,
Daß Gott dem Ärmsten auch das himmlisch Reich
gewährt.
Daß Gott dem Letzten auch ob seiner Tat nicht grollt,
Die ohne Gott nicht wär – denn Gott hat *ihn* gewollt.
Schenk allen Erdenwandrern die ersehnte Ruh! –
Und hob die Hand zu Gott. Und sank der Tiefe zu.

Ach, verloren ist verloren –
Unaufhaltsam ziehn die Fluten.
Wer dahier zu spät geboren,
Kommt zu spät zu allem Guten.
Ja, ihn sollt der Teufel holen,

Selbst sein Weib: hat schon ein anderer.
Als ein kümmerlicher Wanderer
Tippelt er auf blanken Sohlen.

Ach, verloren ist verloren –
Laß die schwarzen Würfel fallen.
Einmal bist du doch erkoren,
Wenn die schrillen Flöten schallen.
Setz dein Sein auf eine Karte:
Weib und Kind und Gott daneben –
Nur im Tode darfst du leben,
Mors, entfalte die Standarte!

Der Mutter

Öfter hast du mich gescholten,
Glaubtest meinen Pfad verwunden,
Hast das Ende nicht gefunden,
Dem mein wilder Lauf gegolten.

Aber hoben deine Hände
Sich in meine, quollen Tränen.
Heiß aus mutterheißem Sehnen
Blühten Rosen ohne Ende.

Was dich immer heiss umfasse:
Mannesleib und Lust:
Sei der Sehnsucht süßer Sasse
Über Gram und Gruft.

Beichter mag sich leichter geben,
Schwerer schwärmt das Muß.
Lache, Seufzer! Klettre, Rebe!
Kühle, kühle … Kuß!

Dunkel liegt schon die Terrasse,
Und der Mond geigt grau.
Was dich immer heiß umfasse:
Fühle, fühle … Frau!

Rausche, Laub, am braunen Hang,
Rausche deine bunten Blätter
Mir hernieder in den Gang.

Erst fiel eines wie ein Tropfen
Ferner Wetter.
Nun sinds viele, die wie Schmetter-
linge tot den Boden klopfen.

Und vom Baum sah ich ein Blatt sich falten.
Ist es eine Blüte? Farbentrunken
Ist sie schon auf mich herabgesunken,

Und die Hände
Halten
Eines Jahres Sonnenbrände.

Rot und glühend zuckte es im Teller
Meiner Hand, auf der die Blicke brannten,
Während meine wehen Sohlen schneller
Durch das tote Laub am Boden rannten.

ICH LIEB EIN MÄDCHEN, WELCHES MARGOT HEISST,
Sie hat zwei Brüste wie zwei Mandarinen.
Wenn wir der holden Göttin Venus dienen,
Wie gern mein Mund in diese Früchte beißt.

Ich lieb ein Mädchen, welches Margot heißt.
Doch wer sie liebt, muß sie zuweilen prügeln.
Es läßt sich leicht nicht ihre Wildheit zügeln,
Wenn man sie tändelnd nur als Eva preist.

Ich lieb ein Mädchen, welches Margot heißt,
Bewandert in den Liebesdialekten,
Die schon die alten Phrygier entdeckten.
(Gebenedeit sei ihr antiker Geist!)

Ich lieb ein Mädchen, welches Margot heißt.
Sie wohnt in einem schmutzigen Bordelle,
Man zieht an einer rostigen Klingelschelle,
Worauf Madam den Gast willkommen heißt.

Ich lieb ein Mädchen, welches Margot heißt.
Ich liebe diese ganz allein, nur diese.
Der Louis fand die passende Louise –
Bis man die Scherben auf den Müllplatz schmeißt …

Nun steigt der Morgen übern Zaun
Graugrün wie ein Askete.
In heller Sonn, wenn Veilchen blaun,
Gilt Rausch nicht und Rakete.

Und was dir heut am Halse hing:
Dies Heut ward schon zum Gestern.
Was ich mir fing: es ging das Ding
Zu seinen toten Schwestern.

Traum stürzt und Träne feuerheiß
Aus meinem blinden Blicke.
Mir winken, was ich will und weiß:
Dolch, Fallbeil, Gift und Stricke.

Sommerabende, ihr lauen,
Bettet mich auf eure Kissen,
Laßt in Fernen, dunkelblauen,
Meiner Träume Wimpel hissen.

Stunden, die am Tag sich placken,
Feiern nächtlich froh verwegen,
Und ich fühl um meinen Nacken
Zärtlich sich zwei Arme legen.

Ist die Seele liebeswund?
Heißren Atem haucht der Flieder,
Und der rote Himmelsmund
Neigt sich üppig zu mir nieder.

Ich bin von Feuerringen
Umkreist zu meiner Not.
Ich hör die Vögel singen
Im hellen Abendrot.
Sie schweben und sie schwärmen
Und singen sich zur Ruh.
Sie leben und sie lärmen.
Wozu?

Wir halten uns umfangen
In Nacht und Paradies.
Die Abendglocken klangen
Aus dumpfestem Verließ.
Wir wissen unsrer Hände
Und Herzen einen Pfad.
Wer weiß, wie bald das Ende
Uns naht.
Ich bin so weit von dir entfernt!

O dieses Elend, das die Brust durchlärmt.
Bin ich es denn, der dunkel im Gesicht
So Stern auf Stern in blaue Zelte flicht?
Wie habe ich den Tag so trüb verbracht
Mit Würfelspiel und künstlicherer Nacht.
Nichts will ich, als dich lieben; nimm mich hin,
Weil ich in deinem Netz gefangen bin.
So schwer schon sinkt aufs Blatt mir Haupt und Kinn,
O aller Strahlen schöne Spinnerin!

Ich schlage schamlos in die Tasten.
Die Ampel tönt. Es zwitschert das Bordell.
Die schlanken Knaben bleich vom langen Fasten
Erheben kühl sich vom kastalschen Quell.

Sie werfen ab die wolligen Gewänder,
Die Hemden kurz, die Mutter einst genäht.
Sie schweben engverschlungne Negerländer,
In denen palmengleich die Liebe steht.

Es neigen sich mit ihren schmalen Mündern
Die Huren in den unerfahrenen Schoß,
Und sie empfangen von den blassen Kindern
Lächelnd ihr gutes oder schlimmes Los.

Es wuchs ein Schatten aus der Nacht,
Hat wie ein Sarg mich überdacht,
Der mich mit dem Tod versöhnte.
Wie lag ich ewig! lag ich tief!
Über mir Scholle an Scholle schlief,
Und sanft des Lebens Hufschlag dröhnte.

Die Zeit verscholl. Es schwoll der Berg,
Aus meiner Brust sproß Wurzelwerk
Und brach die braune Hülle.
Da schwang der Himmel sein Panier
Zum ersten Male über mir
In meiner Augen Fülle.

Die Welt war neu, die Welt war bunt,
Aus meiner Augenhöhlen Grund
Kornblume sprang mit blauen Blicken.
Und aller Schmerz, den ich geweint,
Er hat in Wolken sich vereint
Und rinnt, die Felder zu erquicken.

Weil du von mir ein Kind erhältst,
So willst du dich erhenken
Und mir mit einem Gott vergelts
Dein junges Leben schenken?

Weißt du wohl, was ich damit tu,
Ob ichs zu Staub zerreibe?
Ich spiele es den Sternen zu,
Ich spiele es den Fernen zu,
Damit es leuchten bleibe!

Da nun die Lust in dir verwest:
Laß mir den Sohn am Leben!
Wenn Wolke du in Winden wehst
Und bei den ewigen Träumen stehst,
Wird *er* mir Erde geben …

Weil du das Kind in mir erlöst,
So willst du dich erhenken?
Du sollst noch einmal, eh du gehst,
Mir deine Jungfraunschaft schenken.

Soll man denn den Dichtern trauen?
Ihr Geschäft heißt: Lob der Frauen.
Selbst der blinde Dichtervater
Schnurrt gleich einem Frühlingskater,
Harft er von der Helena,
Die sein Auge niemals sah.

Trumpf ist beides: blond und braun.
Doch die Krone aller Fraun,
Wild und mild und bittersüß
Sind die Mädchen von Paris.

Dunkle Italienerinnen
Mögen Liebesfäden spinnen.
Eine Deutsche, eine Türkin
Mag auf manchen Jüngling wirken.
Mit der schlanken Angelsachsin
Fühlt man seelisch sich verwachsen.
Trumpf ist beides: blond und braun.
Doch die Krone aller Fraun,
Wild und mild und bittersüß
Sind die Mädchen von Paris.

Welche Szene: an der Seine:
Eine Nymphe! Eine Schöne!
Gleicht ihr Leib nicht der Alhambra
Hoch gebaut? Es atmen Ambra
Ihre tulpenroten Lippen,
(Die am liebsten Portwein nippen …)
Schopf und Schoß: ein goldnes Braun
Bei der Krone aller Fraun,
Wild und mild und bittersüß
Sind die Mädchen von Paris …

Ich bin von dir so müde,
Die Nacht ist ohne Ruh.
Ich seh mit hellen Augen
Dem Spiel des Dunkels zu.

Du stießest in mein Blut
Brennende Füchse – auf der Philister Fährde,
Und nun verbrennts.
Mein Schrei fällt auf die Erde
Wie Samenkorn im Lenz:
Simson! Simson!

Die Herzogin Antoinette,
Weiß wie Schnee,
Reißt rauh der Henker vom Bette.
Sie lächelt: Bonjour, monsieur …

Sie trippelt die Treppe
Empor zum Schafott – o weh,
Sie tritt auf die Mantelschleppe
Dem Henker: Pardon, monsieur …

Ein Seufzer. Ein Hauch. Ein Röcheln.
Rot sprießt der weiße Klee.
Der Herzogin letztes Lächeln
Sagt: Revoir, monsieur …

Ich bin gemartert von Gewissensbissen,
Daß ich noch nichts auf dieser Welt getan.
Mit ein paar Flüchen, ein paar Mädchenküssen,
Da hört es auf, da fängt es an.
Ich aber fühle Strom mich unter Flüssen,
Doch flösse ich bergauf und himmelan –
Das Aug, das ich zum guten Werk erhoben,
Es darf nur einer Dirne Brüste loben.

Wie oft, wenn ich mit den Kumpanen zechte,
Klang eine Trommel dumpf, die Buße bot.
Ich warf mich hin, auf daß mich einer brächte
Und stelle einsam mich ins Abendrot.
Der aber klapperte mit Würfeln, und die schlechte
Gesellschaft fürcht ich, wenn Gelächter droht.
Ich bin so müde meiner Spielerein
Und möchte Mensch mal unter Menschen sein.

Doch niemand ist, der meinen Worten traute,
Es wird mein Leichnam erst auf Lorbeer ruhn.
Ich reiße von der Wand die dunkle Laute,
Um doch in Tönen eine Tat zu tun.
Das Lied ist aus. Der grüne Morgen graute.
Im Hofe bellt der Hund, es kräht das Huhn;
Und während alle rings zum Tag erwachen,
Entschlaf ich trunken unter Wein – und Lachen.

Dies ist das Lied, das Villon sang,
Als man ihn hängen wollte.
Er fühlte um den Hals den Strang,
Er sang das Lied den Weg entlang,
Der Schinderkarren rollte.

Hängt mich den Schurken zum Alarm
Nur hoch in alle Winde!
Wegweiser schlenkere mein Arm,
Er weist den Weg dem schlimmen Schwarm
Und manchem braunen Kinde.

Einst hat der Teufel mich gekirrt,
Nun hör ich Bäume singen.
Ich fühle Gott. Mein Auge schwirrt.
Mein Leib, mein armer Leib er wird
Als Aveglocke schwingen.

Ich bin gefüllt mit giftigen Getränken,
Ich speie Eiter, wenn ich wen besah;
Ich fluche jedem heiligen Hallelujah
Und will ein Pestgewand als frohe Fahne schwenken.
Ich stehle Geld wie Sand –
Ich werfe Brand ins Land,
Und dennoch, Wolke, wagst du dich zu schenken?

Ich bin verbittert und mit Gram verschlossen,
Und nur ein Messer öffnete mein Herz.
Faul stinkt mein Atem, meine Faust ist Erz,
Ich schlafe selig in verdreckten Gossen,
Ich reite nackt auf ungezähmten Rossen,
Ich bin bei Spiel und Wein
Allein und ganz allein
Und von den Tränen fremder Fraun umflossen.

O möcht ich einmal nicht als Licht mehr scheinen!
Und nicht mehr Stunde sein und Zeit der Nacht!
Ich habe meinen Sohn zu Tod gebracht;
Ich hüllte seine Gliederchen in Hemdenleinen,
Ich grub ein Grab ihm unter Pflastersteinen –
O Wolke, wer du seist,
Ich grüße deinen Geist,
So wolle, Wolke, wolle für mich weinen!

Die Sanduhr rinnt. Das Licht verbrennt.
Man färbt sich den Bart mit Listen.
So richt ich denn mein Testament
Wie alle guten Christen.

Wo ist mein fester Blick? Ich bin
Ein Säufer und taumle und stiere.
Ich vermache mein Doppel- und Stoppelkinn
Meinem Hofbarbiere.

Hier dieses Herz: es zuckte und hing
An allem Erlauchten und Edeln.
Es mag ein fünfzehnjähriges Ding
Die Fliegen sich damit wedeln.

Hier diese Hand: einst Hieb und Stich
Beim Becher und beim Degen –
Sie mag versteint und verknöchert sich
An eines Bischofs Wange legen.

Mein Liebeswerkzeug sei vermacht
Der lieben süßen Margot.
Sie betet es an um Mitternacht
Im fürchterlichsten Argot.

Und meinen Haß: ich schenke ihn
An jedermann und alle.
Sie sollen ihn sich auf Flaschen ziehn
Als Gift und grüne Galle.

Mein Wappen und mein Rittertum
Einem unehlichen Kinde:
Es schrei meine Ehre und meinen Ruhm
In alle Budiken und Winde.

Gegeben Gefängnis Meung sur Loire,
Verlaust, wie ein Tier hinter Stäben,
Von einem, der einst ein Dichter war
In diesem und jenem Leben.

Aus der blassen Dämmerung
Fuhren deine Silberblicke
Wie zwei Speere. Im Genicke
Fühlt ich ihren Eisensprung.

Und es warf mich auf das Fließ.
Wie ein Sterbender die Hände
Hob ich in die roten Brände
Deiner Seele, welche mich verstieß.

Einmal aber wird es sein:
Gott Apollo löscht die Sterne,
Ferner wurde jede Ferne,
Und im Sand verrann der Wein.

Einmal wird der Wald verwesen,
Einmal wird das Licht vergehn,
Und die Frauen, die so schön,
Sind gewesen … sind gewesen …

Küsse finden keinen Gatten.
Sinnlos taumeln die Gebärden;
Leise gute Ziegenherden
Weiden tot auf Schattenmatten.

Das Geläut der Uhr verstummte,
Mondes Antlitz ist verweint.
Und ein leeres Fenster scheint,
Wo die große Fliege brummte.

Im verwaisten Tannenhain
Steht der Engel der Vernichtung,
Tränen blühen auf der Lichtung,
Und ich werde nicht mehr sein.

Ohne Heimat in der Fremde
Bin ich ganz auf mich gestellt,
Und mein Herze und mein Hemde
Sind mein alles auf der Welt.

Um ein Lächeln leichten Mundes
Geh ich schwärmend in den Tod.
Mit den Brüdern meines Bundes
Sauf ich bis zum Morgenrot.

Schwäre hat den Leib zerfressen.
Sonne selbst hab ich verspielt –
Über allem unvergessen
Schwebt die Seele, welche fühlt.

Nahte ich als Held und Beter
Unter Stürmen und Zypressen,
Ach, vergossen! ach, vergessen!
Regen-schnitter! Leise-treter!

Mir versagts, dich zu begatten,
Da ich kindlich an dir hänge.
Wirf den Bastard der Gesänge
Zu den Molchen und den Ratten.

Welt schien Schein und Ampel weiland,
Deine Brüste goldne Glocken,
Nacht und Blut und weiße Flocken
Sinken elend auf mein Eiland.

Und du lächelst meiner Tränen,
Rufst zum süßesten Alarme.
Laß mich an die Steinwand lehnen,
Daß den Stein ich doch umarme.

Wo ist Flora, gebt Bescheid,
Deren Brüste Rom entbrannten …?
Archipiada weilt so weit
Mit der holdesten Verwandten …
Echo, Wogenruferin –
Scham und Schönheit schritt zur Bahre –
Alle, alle sind dahin
Wie der Schnee vom vorigen Jahre …

Heloise, Amors Sklavin,
Deren Liebster ein Eunuch …
Mönch- und Menschenelend traf ihn,
Und der Seufzer schwoll zum Fluch.
Und die Buridan geliebt –
Fische hüpften Totentänze –
Alle, alle sind zerstiebt
Wie der Schnee vom letzten Lenze …

Blanche! Sirene! Die den leisen
Leib wie Liliensichel schwang!
Berthe, die wir als männlich preisen
Und Jeanne d'Arc von Orleans,
Die zum feurigen Gebet
England schleift am heiligen Haare –
Alle, alle sind verweht
Wie der Schnee vom vorigen Jahre …

Frage nimmer: Schmerz zuviel hing
Traubenschwer im Herzen inn …
Alle, alle sind dahin
Wie der Schnee vom letzten Frühling …

WENN ZIGEUNER GLITZERND GEIGEN,
Müssen arme Herzen tanzen,
Aus dem Fasse springt der Banzen,
Wenn wir heilig saufend schweigen.

Mit den Teufeln, mit den Engeln
Fahren wir auf gleichen Bahnen.
Hängen an den Brunnenschwengeln,
Rauschen in den freien Fahnen.

Mit der Päpstin Jutta schlafen
Wir im nonnenwarmen Bette,
Wandeln mit den guten Schafen,
Rasseln in der Sträflingskette.

Rom erzittert in den Sümpfen,
Wo die Kardinäle lallen,
Während kopflos steile Stümpfe
Wir in blauen Äther fallen.

WAS DU IMMER HÄLTST IN HÄNDEN,
Mädchen oder Buch.
Ach, wie bald wird es sich wenden
Und die weißen Frauenlenden
Deckt ein schwarzes Tuch.

Asche wird die süße Zofe,
Lippe ist versteint.
Stoß das Fenster auf: im Hofe
Schnattern Gänse um die Kofe,
Und ein Bettler weint.

Deine Verse sind Gesaber
Eines hohlen Herrn.
Nichts als wennschon oder aber –
Häng dich an den Kandelaber
Unter Sturm und Stern.

Deine Beine mögen baumeln,
Und dein Haupt benickt
Welche weinwärts singend taumeln,
Plötzlich von dem grellen traumhelln
Eulenschrei zerdrückt.

Die sich meinethalb entblössten,
Wegen mir wie Gänse rösten
In der allertiefsten Hölle,
Denen ich Geläut und Schelle
Um die Narrenhälse hing.
Alle Jungfraun, die ich fing,
(Frug nicht erst um Eh und Freiung)
Villon bittet um Verzeihung.

Jene braven Polizisten,
Die mit plumpen Schergen-Listen
Hinter mir und meiner Bande

Jagten kreuz und quer im Lande,
Meine Mörder, meine Räuber,
Meine Ruh- und Zeitvertreiber,
Die ich brauchte zur Belebung –
Villon bittet um Vergebung.

Meine Wünsche sind wie Algen:
Baut eintausend feste Galgen
Alle meine guten Freunde,
Meine herzliche Gemeinde,
Hängt sie auf in langer Reihe –
Daß ich ihnen gern verzeihe –
Von Paris bis Roussillon,
Villon bittet um Pardon …

HERBST ENTBRENNT IM LETZTEN FLORE,
Und du hast mich heut verlassen.
Frierend erst im Kirchenchore,
Strolch ich einsam durch die Gassen.

Durch die Hosen pfeifen Winde;
Meine hohlen Zähne klappern.
Mit scharmantem Hökerkinde
Hör ich Polizisten plappern.

Klamm sind meine roten Hände,
Sie vermögen kaum zu schreiben:
Daß der Sommer nun zu Ende …
Daß selbst Dirnen mir nicht bleiben …

In verräucherter Taverne
Sitz ich weinend nun beim Weine.
Fange Fliegen. Träume Sterne.
Und ich bin so ganz alleine …

Man liest zu Hause meine Bücher,
Und mancher freut sich meiner Schrift.
Mich decken schon die schwarzen Tücher,
Und meine Lippen speien Gift.

Der Maulwurf nagt an meiner Wange,
Der Wurm betritt des Leibes Pflicht.
Schon zerrt des ewigen Arztes Zange
Den Leidenden in neues Licht.

Lass mich einmal eine Nacht
Ohne böse Träume schlafen,
Der du mich aufs Meer gebracht:
Führ mich in den lichten Hafen!

Wo die großen Schiffe ruhn,
Wo die Lauten silbern klingen,
Wo auf weißen, seidnen Schuhn
Heilige Kellnerinnen springen.

Wo es keine Ausfahrt gibt,
Wo wir alle jene trafen,
Die wir himmlisch einst geliebt –
Laß mich schlafen … laß mich schlafen …

DES DICHTERS MUTTER LIEGT VOR DIR IM STAUBE,
Maria, hohe Himmelskönigin,
Du bist mein Schild, mein Baldachin, mein Glaube,
Die ich um meinen Sohn voll Schmerzen bin.
Als einst die Welt versank, sandt Noah eine Taube
Mit einem Ölzweig übers Wasser hin.
Ich sende dies Gebet: für meinen Knaben,
Den alle Furien zerrissen haben.

Nichts will ich für mich selbst als seinen Frieden.
Ich lebe nur, weil mich sein Anblick hält.
Wär ihm ein sanftes Eheweib beschieden
In einer kleinen, aber guten Welt!
Doch seine Sehnsucht seh ich zischend sieden.
Er hustet Blut – und seine Stimme gellt.
Er wünscht voll glücklicher Gerechtigkeiten,
Die Menschen zur Vollkommenheit zu leiten.

Doch er ist herrisch. Und im Trotz entweiht er
Altar und Dom mit roher Rede Fluß.
Er steigt in Nächten auf die Himmelsleiter,
Weil er mit seinem Gotte ringen muß.
Er ist kein gegen Sünd und Zorn gefeiter,
Gefeit nicht gegen Würfelspiel und Kuß.
Doch hört ich, daß selbst Theophil gerettet,
Ob er sich gleich dem Teufel angekettet.

Ich bin ein armes Weib und ohne Wissen,
Ich weiß nur, daß auch du einst Mutter warst,
Als du von Krämpfen und von Wehn zerrissen
Herrn Jesum, unsern Heiland, uns gebarst.
Laß deine Füße, Mütterchen, mich küssen,
Und dich erflehn, daß meinen Sohn du scharst
In jenen Reigen englischer Gestalten,
Die deines Kleides goldne Schleppe halten.

WENN DIES DAS ENDE WÄR VON ALLEN DINGEN,
Ich sänge hell die Süße aller Zonen.
Ich würde gern bei alten Frauen wohnen
Und mich im Tanz der Feuerländer schwingen.

So aber bleibt ein Letztes ungesagt.
Aus allen Totenmündern schreit es: gestern.
Und: morgen! weinen Kinder, unbeklagt.
O meine armen Brüder, meine Schwestern!

Notabene

Nachtgesicht
An Johann Christian Günther

Ich bin mit dir gegangen
Durch Nebel, Nacht und Wind.
Die Tannenwälder sangen,
Die Wolken krochen wie Schlangen
Über den Himmel hin.

Plötzlich aus goldenem Rohre –
Eine Wolke wurde leck –
In mondgewebtem Flore
Entschwebte Leonore
Zu uns hernieder auf den Weg.

Wir gaben uns die Hände
Und tanzten und tanzten zu drein.
In unsrer Seelen Brände,
Daß er die Lust uns schände,
Zischte der Tod hinein.

Wir schwankten zu viert in die Schänke
Und soffen uns voll, daß es kracht.
Wir lagen über die Bänke,
Der Tod erzählte Schwänke,
Wir haben uns krumm gelacht.

Er klapperte frech mit den Knochen,
Wir schmissen den Saufsack hinaus.
Er hat sich die Rippen zerbrochen …
Leonore kam in die Wochen,
Wir beide ins Irrenhaus.

Da sitzen wir nun und staunen
Durch die Stäbe uns blind.
Wir haben Herrscherlaunen.
Wir fressen unsre Kaldaunen,
Weil wir hungrig sind.

Das Notabene
Nach Bellman

Holt mir Wein in vollen Krügen!
(Notabene: Wein vom Sundgau)
Und ein Weib soll bei mir liegen!
(Notabene: eine Jungfrau)
Ewig hängt sie mir am Munde.
(Notabene: eine Stunde …)

Ach, das Leben lebt sich lyrisch
(Notabene: wenn man jung ist),
Und es duftet so verführisch
(Notabene: wenns kein Dung ist),
Ach, wie leicht wird hier erreicht doch
(Notabene: ein Vielleicht noch …).

Laß die Erde heiß sich drehen!
(Notabene: bis sie kalt ist)
Deine Liebste sollst du sehen
(Notabene: wenn sie alt ist …)
Lache, saufe, hure, trabe –
(Notabene: bis zum Grabe).

Ewig einsam – Einsam ewig

Was ist einsamer

Was ist einsamer
Denn der Mensch!
Dem Herzen schlägt
Kein Echo.
Ungerufen
Ruft er die Götter –
Unerbeten
Steigt das Gebet
Stolzester Springbrunn
Zum Himmel,
Leuchtet und fällt.
Dein Mädchen,
Ehedem
So schön an dich geschmiegt,
Sinnt süß Verrat.
Die Arme
Wirfst du blutend in die Luft,
Umarmest
Lauter Leere.
Und der Wind
Trägt dein Geschrei dem Hohn der Götter zu.

Ahasver

Ewig bist du Meer und rinnst ins Meer,
Quelle, Wolke, Regen – Ahasver …
Tor, wer um vertane Stunden träumt,
Weiser, wer die Jahre weit versäumt.
Trage so die ewige Last der Erde
Und den Dornenkranz mit Frohgebärde.
Schlägst du deine Welt und dich zusammen,
Aus den Trümmern brechen neue Flammen …
Tod ist nur ein Wort, damit man sich vergißt …
Weh, Sterblicher, daß du unsterblich bist!

Ewige Ostern

Als sie warfen Gott in Banden,
Als sie ihn ans Kreuz geschlagen,
Ist der Herr nach dreien Tagen
Auferstanden.

Felder dorren. Nebel feuchten.
Wie auch hart der Winter wüte:
Einst wird wieder Blüt' bei Blüte
Leuchten.

Ganz Europa brach in Trümmer,
Und an Deutschland frißt der Geier, –
Doch der Frigga heiliger Schleier
Weht noch immer.

Leben, Liebe, Lenz und Lieder:
Mit der Erde mag's vergehen.
Auf dem nächsten Sterne sehen
Wir uns wieder.

Dir auch dir – wird Heimat wieder sein

ICH KEHRE IN MEINE HEIMAT ZURÜCK.
Ich suche das Dorf, den traulichen Teich,
Die watenden Gänse, den deutenden Baum,
Das Wasser im Brunnen, das holdeste Haus.

Ich gehe des Weges und frage das Feld:
Wo blühen Lupinen? Wo zittert das Korn?
Der schlanke Wald? Er wanderte aus
In welche Gegend? In welches Herz?

Wo kreisen Störche, strebend im Rauch,
Der den Kaminen friedlich entstieg?
Wo klingen Birnen? Wo blüht ein Strauch
Rosen um liebes Fenster?

Wo find ich die Mutter im Reigen der Kühe?
Mein liebliches Mädchen? Ihr seidenes Tuch?
Ich suche die Heimat: zerrissen, zertreten,
Ich suche mich selber und finde mich nicht.

Ode an Crossen

Oft
Gedenk ich deiner
Kleine Stadt am blauen
Rauhen Oderstrom,
Nebelhaft in Tau und Au gebettet
An der Grenze Schlesiens und der Mark,
Wo der Bober in die Oder,
Wo die Zeit
Mündet in die Ewigkeit –
Denk ich deiner, wenn ein Mond am Himmel
Mir wie dir erglänzt
Und mir am Lid die
Goldne Träne eines Sternes hängt.
Ach
Da ich jung war
Wie voll Träumens
Falterübertaumelt
Engerlingdurchwühlt
War die Erde!
Wie erschien
So Sonnentag wie Regentag
Gesegnet
Und von zweien Göttern
Vater Mutter
Ward die wilde Welt so mild regiert.
Stand am Weg vorm Warenhaus ein hölzern Hündchen
Bellt es freudig, wenn ich kam, und maulte,

Daß es mir nicht folgen durft.
Große Männer auch in schweren Tressen,
Hehre Helden, die von Haus zu Haus
Das Geheimnis ihrer Sendung trugen,
Neigten freundlich oft den mähnigen Kopf,
Schenkten dem Erschauernden
Bunte Marken fremder Palmenländer
Und mich grüßte hold Liberia,
Senkte selbst Korea die Standarten.
Grell
Gewaltig
Führt Phöbus stets von Urbeginn die Zeiten,
Führte mir die schnobenden, die wütig stolzen
Sonnenrösser übern Haidehibbel hell hinauf.
An den Oderhügeln reifte Wein mit kleinen
Roten zottigen Trauben.
Aus den Dörfern
Scholl Gebell Gebell der Hunde
Und es meldete ein Dorf dem andern
So den Wanderer weiter,
Der durch Sand und Kiefern
Immerdar ins ewige Zion zog.
Hör ich nicht an meines Bodenzimmers Fenster
Fern den Regen klopfen, wie ein guter
Freund um Einlaß bittet? Ja ich biete,
Regensturm, dir stürmisch meine offne
Heiße Brust, daß du die wilde
Lust des Lebens
Süß mir kühlst!

Immer waren Blitz und Donner schon dem Kinde
Seine liebsten Freunde.
Auf dem sorglich durch ein gläsern Dach vor Unbill
Regens oder Sonnenstich geschützten
Weinumsponnenen Balkon
Sitzt in seinem weißen Leinenkittel
Seinem weißen Haar
Gütiger weiser Mann
Mein Vater
Hat die goldne Brille abgelegt, damit er
Besser so das Crossner Tagblatt lese,
Neben ihm die zarte zärtliche, die lächelnde
Mutter hegt im Schoße einen Korb
Und emsig
Steint sie Zwetschgen oder Kirschen aus.
Hoch im Himmel
Schwirrt ein Häher,
Der den Regenbogen dort im Westen
Wie ein grauer Blitz durchzuckt.
Vom Marienkirchturm
Fällt ein Schwarm von Nachtigallen
Mit den Abendglocken
In die Dämmerung.
Dir auch dir
Wanderer zwischen tausend Städten
Herzen
Seen
War auch einmal Heimat
Wird

Heimat wieder sein, wenn
Dumpf die Schollen kollern auf den Sarg, der deinen
Kleinen kindlich kümmerlichen
Leib der Erde wiedergibt, die ihn gebar
An der Grenze Schlesiens und der Mark,
Wo der Bober in die Oder,
Wo die Zeit
Mündet in die Ewigkeit –

Der verlorene Sohn

Mutter, aus der Fremde kehre
Elend ich zu dir zurück.
Hab verloren Herz und Ehre
Und verloren Gold und Glück.

Ach, als ich an deinen Händen
Noch durch Blust und Sommer lief!
Rosen blühten allerenden,
Und der braune Kuckuck rief.

Himmel wehte als ein Schleier
Um dein liebes Angesicht,
Schwäne glänzten auf dem Weiher,
Und die Nacht selbst war voll Licht.

Deine Güte Sterne säte,
Und beruhigt schlief ich ein.
Mutter, Mutter, bete, bete!
Laß dein Kind mich wieder sein!

Heimkehr

Ich bin geboren in einem Wäschekorb,
Aufgewachsen in einem kleinen grünen Garten.
Fünf Meter lang, fünf Meter breit –
Mein Sarg wird wohl noch enger sein.

Kohlrabi, Apfelreis, Radieschen,
Waren meine Lieblingsspeisen.
Das Mädchen, das mich wartete, hieß Berta Jaensch.
In den Johannisbeersträuchern am Gartenrand
Lebten gute Gnomen und böse Echsen.

Fünfzehn Jahre war ich, da ich von Hause wegging.
Hochtrabend trabte ich zu Roß aus dem Glog'schen Tor.
Dreiunddreißig Jahre bin ich, da ich nach Hause zurückkehre
Auf einem knatternden Motorrad.

Die alte hölzerne Zugbrücke ist niedergerissen.
Jetzt bezwingen die Oder Eisen und Beton.
Nur der Fluß darunter, er fließt wie vor tausend Jahren
So auch heute.

Ich gehe durch die Gassen und niemand kennt mich.
Ich trage Knickerbocker und man hält mich
Für einen reisenden Engländer.
An der Schmiede, wo ich als Kind ins lohende Feuer sah,
Bleibe ich stehn und starre in Asche und Ruß.

Oben auf dem Bergfriedhof bin ich nicht allein.
Hier liegen viele, die ich einst gekannt habe.
Der alte Professor,
Bei dem ich lateinischen Nachhilfeunterricht hatte,
Und mein kleiner Bruder.

Jetzt stehe ich am Grabmal eines Generals,
Der unter Friedrich dem Großen focht.
Seinen Namen verwitterte das Gestein.
Was wollte er, was konnte er?
Niemand weiß es.

Er führte in der Schlacht von Kunersdorf
Ein Grenadierregiment – und? –
Schritt mit dem Degen in der Faust voran. – Seine Pflicht. –
Er hatte außer dem preußischen Exerzierreglement
Nie ein Buch gelesen, und war stolz darauf. –

Wir haben alle Bücher gelesen und keine Schlacht
  geschlagen.
Es ist eines so wenig wert als das andere.
Einmal werden vor meinem Grab die Leute stehn.
Was wollte er, was konnte er?
Niemand weiß es.

Hoppla, Bruder, steh auf,
Du hast schon lange genug geschlafen.
Jetzt bin *ich* an der Reihe.
Da hast du meinen Stock, Esche, Natur, ungebeizt,
  Hornspitze.
Geh an meiner Stelle hinunter in die Stadt.

Es dämmert. Ehe die erste Gaslaterne aufflammt,
Wirst du am Marktplatz sein.
Dort steht die Königl. Preußische Adlerapotheke.
Bringe Vater und Mutter einen Gruß von mir.

Sag ihnen, ich hätte mich zur ewigen Ruh begeben
Und mich lebendig begraben.
Drei Hände Erde auf mein Grab,
Drei Seufzer, drei Tränen und damit basta.
Bitte, Vater, laß dich in der sachgemäßen Herstellung
Von Dr. A. Henschkes Restitutionsfluid nicht stören.

Die Moral ist für den Spatz …

Man soll in keiner Stadt

Man soll in keiner Stadt länger bleiben als ein halbes Jahr.
Wenn man weiß, wie sie wurde und war,
Wenn man die Männer hat weinen sehen
Und die Frauen lachen,
Soll man von dannen gehen,
Neue Städte zu bewachen.

Läßt man Freunde und Geliebte zurück,
Wandert die Stadt mit einem als ein ewiges Glück.
Meine Lippen singen zuweilen
Lieder, die ich in ihr gelernt,
Meine Sohlen eilen
Unter einem Himmel, der auch sie besternt.

Früher Morgen in der Friedrichstraße

Die ersten Wagen mit den Zeitungsballen
Fahren am Bahnhof Friedrichstraße vor.
Alle Häuser hängen in violettem Flor.
O wilde Welt! Laß mich ins Dunkel fallen!

Die Mädchen flattern heimwärts: böse Eulen.
Aus Cafés äugen Lampen, gelb verstört.
Ein holder Walzer wird nicht mehr gehört,
Weil schon die Dampfer und Fabriken heulen.

Da braust der erste Stadtbahnzug ins Loch
Der Bahnhofshalle … Hinter Dächertraufen
Schirrt Phaëton den jungen Tag ins Joch
Und läßt die goldnen Rosse laufen.

Die Strahlenpeitsche klatscht um unser Ohr.
Des Gottes Blick erglüht uns im Genicke …
Empor zu dir! Empor!
Sonne rollt über die Weidendammer Brücke …

Ein Bürger spricht

Am Sonntag geh ich gerne ins Café.
Ich treffe viele meinesgleichen,
Die sich verträumt die neuste Anekdote reichen –
Und manche Frau im Négligé.

Sie sitzt zwar meist bei einem eleganten
Betrübten Herrn –
Ich sitz bei meinen Anverwandten
Und streichle sie von fern.

Ich streichle ihre hold entzäumten Glieder
Und fühle ihr ein wenig auf den Zahn.
Der Ober lächelt freundlich auf mich nieder.
Ein junger Künstler pumpt mich an.

Bei dem mir angetrauten Fleisch lieg ich dann nachts
  im Bette
Und denke an mein Portemonnaie.
Wenn ich ihm doch die fünf Mark nicht geliehen hätte!
O süße Frau im Négligé!

Proleten

Sieben Kinder in der Stube
Und dazu ein Aftermieter,
Hausen wir in feuchter Grube,
Und der blaue Tag – o sieht er
Uns, verbirgt er sein Gesicht.
Gebt uns Licht, gebt uns Licht!

Büße Weib die Ehe, büße.
Wie wir einst uns selig wähnten –
Sehn wir jetzt nur noch die Füße
Der an uns Vorübergehnden …
Keiner, der mal stehen bliebe …
Gebt uns Liebe, gebt uns Liebe!

Mancher schläft auf nacktem Brette.
Unsre Älteste, die Katze,
Schnurrt dafür in einem Bette
Mit dem Mieter, ihrem Schatze.
Die Moral ist für den Spatz …
Gebt uns Platz, gebt uns Platz!

In dem Sausen der Maschinen,
In dem Fauchen der Fabrik,
Wo sind Berg und Reh und Bienen
Und der Sterne Goldmusik?
Unser Ohr ist längst verstopft …
Hämmer klopft, Hämmer klopft!

Und so kriechen unsre Tage
Ekle Würmer durch den Keller,
Und wir hungern, und wir klagen
Nie: schon pfeift die Lunge greller;
Schmeißt die Schwindsucht uns in Scherben …
Laßt uns sterben, laßt uns sterben!

Altes Straßenmädchen

… aber im Frühlingslicht,
Wenn Sonne zu mir spricht,
Steig ich aus meinem Sarg.
Lächle die Straße an.
Ein alter Mann
Schenkt mir drei Mark.

Weil ich ihn herzen darf,
Werde ich wieder scharf –
O! nicht auf ihn!
Nein, auf die Welt,
Die mich in Krallen hält,
Und der ich dien.

Hamburger Hurenlied

Wir Hamburger Mädchen habens fein,
Wir brauchen nicht auf dem Striche sein.
Wir wohnen in schönen Häusern
Wohl bei der Nacht,
Ahoi!
Weil es uns Freude macht.

Es kommen Kavaliere, Neger und Matros,
Die werden bei uns ihre Pfundstücke los,
Sie liegen uns am Busen
Wohl bei der Nacht,
Ahoi!
Weil es uns Freude macht.

Madam kocht schlechtes Essen, Sami spielt Klavier,
Mit den Kavalieren tanzen wir,
Fließt ein Taler drüber,
Wird er Madam gebracht,
Ahoi!
Weil es uns Freude macht.

Eines Tages holt die Sitte uns hinaus,
Und sie sperrt uns in das graue Krankenhaus.
Dann sind wir tot und sterben
Wohl bei der Nacht,
Ahoi!
Weil es uns Freude macht.

Matrosenlied

In Algier sind die Mädchen schwarz,
Was macht denn das, mein Kind?
Wenn sie nur sonst an Kopf und Herz
Und, Schatz, das andre weißt du schon,
Auch zu gebrauchen sind.

Sie sind wie Schokolade schwarz,
Und beißt mal einer an,
So spürt er gleich an Kopf und Herz
Und, Schatz, das andre weißt du schon,
Was so ein Mädchen kann.

In Hamburg sind die Mädchen weiß
Und auch in Kiel, hurra!
Blau ist das Auge, blond das Haar,
Und, Schatz, das andre weißt du schon,
Grad wie in Afrika.

Sie hat an ihrem Liebesmunde …

Sie hat an ihrem Liebesmunde
(Verflucht ja!) eine offne Wunde,
Zu Ende ist mit meiner Ruh' es.
Ist das nun Lues?

Sie sieht entsetzt mich zögernd zweifeln,
Wünscht das Geschwür zu allen Teufeln,
»Ich hab mich heute früh gerissen.«
(Wer kann es wissen?)

»Ich schwör's!« Sie hebt die beiden Hände.
Daß Amor alles glücklich wende!
Sie ist so hübsch. Man ist gefangen.
Es hat noch einmal gut gegangen.

Betrachtung

Wie schön, nach einer Liebeserfüllung im Bett (wenn man eins hat) allein zu liegen,
Und müde zu träumen und zu denken, sie wird vielleicht Kinder kriegen.
Aber ich? Was kann denn mir passieren?
Ich werde höchstens morgen oder übermorgen eine andre verführen.
Condoms? Sie mangeln mir. Alimente?
Wer aus mir einen roten Heller herausholen könnte!!
Es gibt ein Mädchen, das heißt Grete. Ich soll sie heiraten.
Aber da werden sie verdammt vorbeiraten.
Und ob die ganze Welt sich nur aus (unehelichen) Kindern – vier hab ich schon – von mir zusammenrotte:
Ich liebe sie alle, alle. Der Reihe nach. Augenblicklich Constanza (Gouvernante), Emma (Büglerin) und eine verheiratete Spenglermeistersgattin: Charlotte.

Balladen zur Zeit

Erster Mai in Zürich (1916)
(für Joseph Halperin)

Die Fahnen singen hoch im Überschwang,
Die Pauken knallen dumpfer wie Kanonen,
Da ziehen sie im murmelnden Gesang,
Die in den Kellern feucht wie Schwämme wohnen.

Die Mäuseohren sind in Furcht gespitzt,
Sie schleppen Nelken in gegornen Händen.
Ein Frauenschoß lockt filzig und verschwitzt,
Und Kinder springen leicht von ihren Lenden.

Plakate schweben bunt wie Schmetterlinge,
Und dreimal Friede funkelt süß und rot.
Sein Holzbein schwingt ein zahmer Zwerg als Klinge,
Die jedem Schädel mit Vernichtung droht.

Und viele Herren mit gestreckten Bäuchen
Lächeln verfressen, weil die Sonne scheint.
Blaublumen neigen sich aus den Gesträuchen;
Ein Apfelbaum die rosa Blüten weint.

Der See trompetet. Und die Berge blasen.
Ein erst Gewitter fällt aus Gottes Hand
Gleich einem goldnen Ball. Wie scheue Hasen
Hoppeln sie bräunlich durch der Städte Land.

Vater ist auch dabei

Und als sie zogen in den Krieg –
Vater war Maikäfer – Maikäfer flieg –
Da standen am Fenster die zwei,
Vergrämt, verhungert, Mutter und Kind,
Tränen wuschen die Augen blind:
Vater ist auch dabei –

Der Krieg war zu Ende. Er kam nach Haus.
Er zog die zerlumpte Montur sich aus.
Am Fenster standen die zwei:
»Geh nicht auf die Straße!« »Ich muß, ich muß –«
Und Schuß auf Schuß! Hie Spartakus!
Vater ist auch dabei!

Vorbei der Traum der Revolution;
Wenn früh die Kolonnen ziehn zur Fron,
Stehen am Fenster die zwei:
Es zieht ein Zug von Hunger und Leid
In Ewigkeit – in die Ewigkeit –
Vater ist auch dabei.

Der Friede

Der Friede stürzt ins Land
Gleich einem Schaf, von Wölfen angerissen.
Er trägt ein grau Gewand,
Zerflattert und zersplissen.

Sein Antlitz ist zerfressen,
Sein Auge ohne Glanz.
Er hat vergessen
Den eignen Namen ganz.

Gleich einem alten Kind
(Gealtert früh in Harmen)
Steht er im Abendwind
Und bettelt um Erbarmen.

Es glänzt sein blondes Haar,
Der Sonne doch ein Teilchen.
Er bietet lächelnd dar
Ein welkes Herz und welke Veilchen.

Berliner Weihnacht 1918

Am Kurfürstendamm da hocken zusamm
Die Leute von heute mit großem Tamtam.
Brillanten mit Tanten, ein Frack mit was drin,
Ein Nerzpelz, ein Steinherz, ein Doppelkinn.
Perlen perlen, es perlt der Champagner.
Kokotten spotten: Wer will, der kann ja
Fünf Braune für mich auf das Tischtuch zählen …
Na, Schieber, mein Lieber? – Nee, uns kanns nich fehlen,
Und wenn Millionen vor Hunger krepieren:
Wir wolln uns mal wieder amüsieren.

Am Wedding ists totenstill und dunkel.
Keines Baumes Gefunkel, keines Traumes Gefunkel.
Keine Kohle, kein Licht … im Zimmereck
Liegt der Mann besoffen im Dreck.
Kein Geld – keine Welt, kein Held zum lieben …
Von sieben Kindern sind zwei geblieben,
Ohne Hemd auf der Streu, rachitisch und böse.
Sie hungern – und fräßen ihr eignes Gekröse.
Zwei magre Nutten im Haustor frieren:
Wir wolln uns mal wieder amüsieren.

Es schneit, es stürmt. Eine Stimme schreit: Halt …
Über die Dächer türmt eine dunkle Gestalt …
Die Blicke brennen, mit letzter Kraft
Umspannt die Hand einen Fahnenschaft.
Die Fahne vom neunten November, bedreckt,

Er ist der letzte, der sie noch reckt …
Zivilisten … Soldaten … tach tach tach …
Salvenfeuer … ein Fall vom Dach …
Die deutsche Revolution ist tot …
Der weiße Schnee färbt sich blutrot …
Die Gaslaternen flackern und stieren …
Wir wolln uns mal wieder amüsieren …

Verse aus dem Gefängnis

Militärgefängnis Nürnberg, April 1919

Nun wird es wieder dunkel.
Kein Stern tritt mit Gefunkel
In meine Zelle ein.
Die Wände schier erblassen,
Und grüne Hände fassen
Nach mir wie zum Gespensterreihn.

Wie wird es morgen werden?
Kein Himmel hier auf Erden.
Die Nacht so sanfte Wellen schlägt.
Ich sinke wie verloren,
Umhüllt von schwarzen Floren,
In einen Fluß, der mich von dannen trägt.

Hört, Hört!

Genio loci

Die Erde brennt. Die Erde brennt.
In Weimar tagt das Parlament.

In Deutschland geht es drüber, drunter.
In Weimar ist man leidlich munter.

Es lächelt freundlich Scheidemann
Zu allgemeiner Freude. Dann

Erhebt sich eine Exzellenze:
Die Welt sei böse, sagt se, fänd se.

Derweilen stärkt im Vestibül
Sich das monarchische Gefühl.

Die höchste Weisheit hier auf Erden:
Nur immer sachte! wird schon werden!

Jedoch von wegen neuem Geiste,
Da hapert es, vastehste, weißte.

Den ältsten Wein in ältste Schläuche:
Sind Nationalversammlungsbräuche.

Der alte Reichstag ist erwacht.
Prost Mahlzeit! Michel, gute Nacht!

Es steigt die Flut, es brennt die Flamm.
In Weimar hocken sie zusamm.

Hier steht der Mensch auf Quasseln an.
Nicht drängeln! Es kommt jeder ran!

Weiß man, wohin der Haase läuft?
Der Strom der Rede trieft und träuft.

Noch immer fühlt sich Vater Naumann
Als mitteleuropä'scher Baumann.

Die teutschen Männerherzen kollern:
Zum Teufel jagten wir die Zollern

Und setzten dann an unsre Spitze
Den dicken Papa Ebert (Fritze).

Derselbe sitzt nun auf dem Thron.
Es folgt ihm bald der Ebert Sohn.

Der Ebert Sohn, der Davidsohn,
Es wird schon werden, hat ihm schon.

Nur, bitte, immer reinspaziert:
Das alte Stück wird vorgeführt!

Tja, auch verschiedne schwere Jungen
Der Industrie sind eingesprungen.

Es tät uns wirklich sehr verschnuppen,
Gäb's keinen Hintermann für Kruppen.

Wo blieb die Glorie des Gewinnes,
Gäb's keinen Vordermann für Stinnes?

Auch mancher edle Junkerbowke
Erschien aufs neue: Posadowke.

(Der Oldenburger Janusschaute
Bewies in Rixdorf seine Traute;

Denn er empfahl beim Bund der Landwirt
Sich als der neue Hofer, Sandwirt.

Auch hat er dem von Amerongen
Ein zartes Tirili gesongen ...)

So manche hold bebrillte Schöne
Riskiert, vastehste, starke Töne.

Sie streicht sich über ihre Flechte:
Die Frauen haben gleiche Rechte.

Doch haben sie, spricht sie mit schlichten
Gebärden, teils auch andre Pflichten.

Der Beifall braust. Die Fenster zittern.
Und man genehmigt einen Bittern.

Sind sie gewillt, das Licht zu suchen
Der neuen Morgenröte? Kuchen!

Sind sie befähigt, unsre Qualzeit
Zu mindern und zu lindern? Mahlzeit!

Sie üben sich im Zeitvertreibe.
Begriffen sie die Zeit? Ja, Scheibe!

Ob Strese, Scheide, Nau begann:
Nicht einer zeigte sich als Mann.

Ja, selbst der Unabhänge Henke
Beschwert sich über die Menkenke.

Man stimmt die Flöte, schlägt die Pauke
Zum allerältesten Klamauke.

Wo aber bäumt sich zum Exempel
Ein Revolutionär im Tempel?

Wo sind die Foerster, Eisner, Schlieben,
Landauer und Mühlon geblieben?

Ach, wenn es jene drei nicht gäbe:
Das Wissel, Noske und den Loebe!

Für die Eroberung von Mossen
Hat Noske Ruhm und Ehr genossen.

Und auch am Alexanderplatze
Erwies sich seine Feldherrntatze

Als Held von echtem Schrot und Korn
Ist ihm das eisern Kreuz geworn. –

Bedient sich Spartakus der Presse,
Kriegt er sofort eins in die Fresse.

Doch ist man freudig hochgestimmt,
Wenn Noske sich die »Freiheit« nimmt.

Er lenkt in eigener Person
Aktionen gegen die »Aktion«.

Und trampelt mit den Stiebeln bieder
Die »Republik« zu Boden nieder.

Aus mancher Zeitung zwitschert jetzt
Ein stetes liebliches: besetzt!

Schon ziehn die roten Rotten durch
Schönweide und Charlottenburch.

Man munkelt, daß die Spartakisten
Sich von gesottnen Frauenbrüsten,

Von Kinderblut und -eisbein nähren.
(In Weimar lebt man von Chimären.)

Auch wird, wer einen Kragen trägt,
So sacht beiseite umgelegt.

Er hat noch einen Schuh? Auf Ehr,
Das ist ein Multimillionär.

Es sagt sich jeder Straßenwandrer:
Wenn ich's nicht klau, so klaut's ein andrer.

Man schaudert als Expropriater
Zurück nicht vor dem eignen Vater.

Was Onkel, Tante oder Bruder!
Wie spät? Zeig her die Uhr, du Luder!

Damit du weißt, wieviel's geschlagen,
Sei dir der Schädel eingeschlagen.

Denn es beschäftigt sich der Mob
Nicht mit Vielleicht und mit Als ob

Man ist bei ihm, wie einst bei Blücher,
Ganz sicher aufgehoben, ja: *tot*sicher. –

(Für den Bericht kriegt die Journaille
Die hohenzollernsche Medaille.) –

Solln wieder von den alten Pferden
Wir in den Dreck gezogen werden?

Wir haben's satt, das graue Kleid,
Das man aus unsern Häuten schneid't.

Nicht eher wird es Frieden geben,
Als bis sie sich von dannen heben:

Die Zahlenkünstler und Banditen. –
Empor, du neue Welt der Mythen!!

(Ob Weimar oder ob Versailles:
Es ist die gleiche grande canaille. –)

KOMMT MAN DEREINST IM HIMMEL NIEDER.
Reibt man erstaunt sich seine Glieder.

Schon hat, was kindlich hier gestammelt,
Auch dort sich nationalversammelt.

Schon schreitet man zur großen Tat.
Die Kugel rollt. Es dröhnt der Skat.

Und Arm in Arm mit Leichenmüllern
Hört Heydebrand man heiter trillern.

Ein sanfter Engel hebt die Schwingen:
Tja. Sowas ist nicht umzubringen .....

Vorfrühling 1923'

Heute fing ich – Krieg ist Krieg – eine Maus in der Schlinge.
Frühlingswolken flattern rosig im Winde.
Emma schrieb mir von unserm gemeinsamen Kinde,
Daß es schon in die Schule ginge,
Daß – wie erhebend! – ein Einser Fritzchens Zensur im Rechnen ziere,
Weil er patriotisch (nebenbei gesagt: als Einziger der Klasse,
Der Idiot …) à la hausse der Mark spekuliere …

Heute begegnete ich den ersten Staren.
Zum erstenmal bin ich auch mit der Nord-Süd-Bahn gefahren.
Ich bildete mir ein, vom Nord- zum Südpol zu rasen.
Am Wedding sah ich Eskimos mit Tran handeln,
Pinguine durch die Chausseestraße wandeln,
Und am Halleschen Tor hörte ich die Kaurineger im Jandorfkraal zum Kampfe blasen.

Nur immer Mut! Die Front an der Ruhr steht fest.
Die Kohlen werden von Tag zu Tag billiger.
Die Nächte kürzer. Die Gesichter länger. Die Frauen williger.
Und wenn nicht Alles täuscht
(es rüsten Russen und Polen,
Rumänen, Ungarn, Jugoslawen und Mongolen):

So wird uns spätestens mit den ersten Schoten
Der unwiderruflich letzte Krieg geboten.
Immer ran! Das darf Keiner versäumen! Rassenkampf!
Klassenkampf! Wer geht mit? (Ich passe –
Und offeriere für Kriegsberichterstatter fünftausend
ungedruckte Stimmungsbilder aus dem vorletzten
Weltkrieg, sofort greifbar gegen Kasse.)

Und ich schlage meine Harfe

Die Harfenjule

Emsig dreht sich meine Spule,
Immer zur Musik bereit,
Denn ich bin die Harfenjule,
Schon seit meiner Kinderzeit.

Niemand schlägt wie ich die Saiten,
Niemand hat wie ich Gewalt.
Selbst die wilden Tiere schreiten
Sanft wie Lämmer durch den Wald.

Und ich schlage meine Harfe,
Wo und wie es immer sei,
Zum Familienbedarfe,
Kindstauf' oder Rauferei.

Reich mir einer eine Halbe
Oder einen Groschen nur,
Als des Sommers letzte Schwalbe
Schwebe ich durch die Natur.

Und so dreht sich meine Spule,
Tief vom Innersten bewegt,
Bis die alte Harfenjule
Einst im Himmel Harfe schlägt.

Deutsches Volkslied

Es braust ein Ruf wie Donnerhall,
Daß ich so traurig bin.
Und Friede, Friede überall,
Das kommt mir nicht aus dem Sinn.

Kaiser Rotbart im Kyffhäuser saß
An der Wand entlang, an der Wand.
Wer nie sein Brot mit Tränen aß,
Bist du, mein Bayernland!

Wer reitet so spät durch Nacht und Wind?
Ich rate dir gut, mein Sohn!
Urahne, Großmutter, Mutter und Kind
Vom Roßbachbataillon.

O selig, o selig, ein Kind noch zu sein,
Von der Wiege bis zur Bahr'!
Mariechen saß auf einem Stein,
Sie kämmte ihr goldenes Haar.

Sie kämmt's mit goldnem Kamme,
Wie Zieten aus dem Busch.
Sonne, du klagende Flamme:
Husch! Husch!

Der liebe Gott geht durch den Wald,
Von der Etsch bis an den Belt,
Daß lustig es zum Himmel schallt:
Fahr' wohl, du schöne Welt!

Der schnellste Reiter ist der Tod,
Mit Juppheidi und Juppheida.
Stolz weht die Flagge schwarzweißrot.
Hurra, Germania!

In der Stadtbahn

Ein feiles Mädchen, schön und aufgetakelt,
Ihr gegenüber, grün und unbemakelt,
Ein Jüngling, dessen Hände sanft behüten
Zwei Veilchensträußchen in den Seidendüten.
Sie sieht ihn an. Er lächelt traurig blöde:
Mein Gott, wie wird das heute wieder öde
Bei Tante Linchen, die Geburtstag feiert. –

Die Dame hat sich nunmehr ganz entschleiert.
Da ist er hingerissen, starrt ein Weilchen,
Und reicht ihr wortlos alle seine Veilchen.
Nun hat er nichts, für Tante kein Präsent …
Er wundert sich – das schöne Fräulein flennt:
Und ihre blassen Tränen auf die blauen
Märzveilchen wie Gelübde niedertauen.

Der geistige Arbeiter in der Inflation

Wer nur den lieben Gott läßt walten –
Ich arbeite an einer Monographie über die römischen Laren.
Am Tage liege ich im Bett, um Kohlen zu sparen.
Ich werde ein Honorar von drei Mark erhalten.
Drei Mark! Das schwellt meine Hühnerbrust wie ein Segel.
Ein kleines Vermögen. Ich werde es in einem Taschentuch anlegen.
Wie ich es früher trug und wie die reichen Leute es heute noch tragen.
Um vorwärts zu kommen, muß man eben mal leichtsinnig sein und was wagen.

Ein Jahr schon schneuze ich mich in die Hände,
Nun führt der Allerbarmer noch alles zum guten Ende.
Abends, wenn die Sterne und elektrischen Lichter erwachen,
Da besteige ich des Glückes goldnen Nachen.
Ich stehe am Anhalter Bahnhof. Ergebenster Diener!
Ich biete Delikateßbockwurst feil und die ff. heißen Wiener.
Manchmal hab' ich einen Reingewinn von einer halben Mark.
Ich lege das Geld auf die hohe Kante. Ich spare für meinen Sarg.

Ein eigener Sarg, das ist mein Stolz
Aus Eschen- oder Eichenholz,
Aus deutscher Eiche. Das Vaterland
Reichte mir hilfreich stets die Vaterhand.
Begrabt mich in deutschem Holz, in deutscher Erde, im deutschen Wald.
Aber bald!
Wie schläft sich's sanft, wie ruht sich's gut,
Erlöst von Schwindsucht und Skorbut.
Herrgott im Himmel, erwache ich zu neuem Leben noch einmal auf Erden:
Laß mich Devisenhändler, Diamantenschleifer oder Kanalreiniger werden!

Berliner Mittelstandsbegräbnis

In einer Margarinekiste habe ich sie begraben.
Ein Leihsarg war nicht mehr zu haben.
Die Kosten für einen Begräbnisplatz konnt ich nicht erschwingen:
Ich mußte die Margarinekiste mit der teueren Entschlafenen auf einem Handwagen in die Laubenkolonie am schlesischen Bahnhof bringen.

Dort habe ich sie in stockfinsterer Nacht
Unter Kohlrüben zur ewigen Ruhe gebracht.
Aber im Frühling werden aus der Erde Kohlrüben, die sie mit ihrem Leibe gedüngt, zum himmlischen Lichte sprießen,
Und der Hilfsweichensteller Kraschunke wird sie zum Nachtmahl genießen.
Während sie noch in der Pfanne (in Margarine-Ersatz) schmoren und braten,
Bemerkt Frau Kraschunke erfreut: »Die Kohlrüben sind dieses Jahr aber ungewöhnlich groß geraten …«

Berliner in Italien

Die ganze Welt ist voll von Berlinern.
Deutschland, Deutschland überall in der Welt.
Ich sah sie auf der Promenade in Nervi sich gegenseitig bedienern,
Und sie waren als Statisten beim Empfang des italienischen Königs in Mailand aufgestellt.

Da konnten sie einmal wieder aus vollem Herzen Hurra schreien.
So 'n König, und sei er noch so klein, is doch janz was anderes als so 'ne miekrige Republik.
In Bellaggio wandeln sie unter Palmen und Zypressen zu zweien,
Und aus dem Grandhotel tönt (fabelhaft echt Italienisch; Pensionspreis täglich 200 Lire) die Jazzmusik.

Wie hübsch in Bologna die Jungens mit den schwarzen Mussolinhemden!
Wie malerisch die Bettler am Kirchentor!
Die und die Flöhe finden einen Fremden
Aus hunderttausend Eingebornen hervor.

In Genua am Hafen aus engen mit Wäsche verhangenen Gassen winken
Schwarzäugige Mädchen und sind bereit,
Gegen entsprechendes Honorar sich abzuschminken.
O du fröhliche, o du selige Frühlingszeit.

Dagegen das Kolosseum, die ollen Klamotten, die
verstaubten Geschichten,
Das haben wir zu Hause auf halb bebautem Gelände
auch, nu jewiß.
Den schiefen Turm von Pisa sollten sie mal jrade richten.
Mussolini hat dazu den nötigen Schmiß.

Ueber diesem Lande schweben egal weg die Musen,
Man sehe sich die Brera und die Uffizien an.
Die mageren Weiber von Botticelli kann ich nich
verknusen,
Aber Rubens, des is mein Mann.

Wohin man sieht, spuckt einer oder verrichtet sonst eine
Notdurft: es ist ein echt volkstümliches Treiben.
Prächtig dies Monument Vittorio Emmanueles in Rom:
goldbronziert und die Säulenhalle aus weißem Gips.
Dafür kann mir das ganze Forum jestohlen bleiben.
Ich bin modern. A proposito: haben Sie für Karlshorst
sichere Tips?

Die Ballade von den Hofsängern

Wir ziehen dahin von Hof zu Hof.
Arbeiten? Mensch, wir sind doch nicht dof.
Wir singen nicht schön, aber wir singen laut,
Daß das Eis in den Dienstmädchenherzen taut.
Jawoll.

Wir haben nur lausige Fetzen an,
Damit unser Elend man sehen kann.
Der hat keine Jacke und der kein Hemd,
Und dem sind Stiefel und Strümpfe fremd.
Jawoll.

Wir kriegen Kleider und Stullen viel,
Die verkaufen wir abends im Asyl.
Ein Schneider lud mitleidig uns zu sich ein,
Da schlugen wir ihm den Schädel ein.
Jawoll.

Wir singen das Lied vom guten Mond
Und sind katholisch, wenn es sich lohnt,
Auch singen wir völkisch voll und ganz
Für'n Sechser Heil dir im Siegerkranz.
Jawoll.

Unger, Boeger, Ransick, so heißen wir.
Auf die Gerechtigkeit sch… wir.
Mal muß ja ein jeder in die Gruft
Und wir, wir baumeln mal in der Luft.
Jawoll.

Die Wirtschafterin

Drei Wochen hinter Pfingsten,
Da traf ich einen Mann,
Der nahm mich ohne den geringsten
Einwand als Wirtschafterin an.

Ich hab' ihm die Suppe versalzen
Und auch die Sommerzeit,
Er nannte mich süße Puppe
Und strich mir ums Unterkleid.

Ich hab' ihm silberne Löffel gestohlen
Und auch Bargeld nebenbei.
Ich heizte ihm statt mit Kohlen
Mit leeren Versprechungen ein.

Ich habe ihn angesch …
So kurz wie lang, so hoch wie breit.
Er hat mich hinausgeschmissen;
Es war eine wundervolle Zeit …

Baumblüte in Werder

Tante Klara ist schon um ein Uhr mittags besinnungslos
betrunken.
Ihr Satinkleid ist geplatzt. Sie sitzt im märkischen Sand
und schluchzt.
Der Johannisbeerwein hat's in sich. Alles jubelt
und juchzt
Und schwankt wie auf der Havel die weißen Dschunken.

Waldteufel knarren, und Mädchenaugen glühn.
Mutta, Mutta, kiek ma die Boomblüte.
Ach du liebe Güte –
Die Blüten sind alle erfroren. Ein einsamer Kirschbaum
versucht zu blühn.

Eisige Winde wehn. In den Kuten balgt und sielt
Sich ein Kinderhaufen. Der Lenz ist da: ertönt es von
Seele zu Seele.
Ein schon melierter Herr berappt für seine Tele,
Die ein Kinderbein für ein Britzer Knoblinchen hielt.

Vater spielt auf der Bismarckhöhe mit sich selber Skat und
haut
Alle Trümpfe auf den Tisch, unbeirrt um das Wogen und
Treiben der Menge.
Braut und Bräutigam verlieren sich im Gedränge,
Ach, wie mancher erwacht am nächsten Morgen mit einer
ihm bis dato unbekannten Braut.

Mutter Natur, wie groß ist deiner Erfindungen Pracht!
Vor lauter Staub sieht man die Erde nicht.
Tief geladen, mit Klumpen von Menschen beladen, sticht
Ein Haveldampfer in See. Schon dämmert es. Über den Föhren erscheint die sternklare, himmlische, die schweigsame Nacht.

Meier

Ein junger Mann mit Namen Meier
Lief täglich vor ihr auf und ab.
Er gab ihr fünfundzwanzig Dreier,
Daß sie ihm ihre Liebe gab.

Sie zählte sehr besorgt die Pfennige
Und legte sie in einen Schrank.
Allein es schienen ihr zu wenige,
Sie wünschte etwas Silber mang.

Er dachte an die Ladenkasse.
Und eines Tages ward bekannt,
Daß Rosa sich betreffs befasse,
Doch Meier sich in Haft befand.

So geht es in der Welt zuweilen:
Der erste muß die Klinke zieh'n –
Der zweite soll sich nur beeilen,
Das Fräulein wartet schon auf ihn.

Zu Amsterdam

Zu Amsterdam bin ich geboren,
Meine Mutter war ein Mädchen ums Geld.
Mein Vater hat ihr die Ehe geschworen,
War aber weit gefehlt.

In einer dunkeln Gasse
Sah ich zum erstenmal das Sonnenlicht.
Ich wollte es mit meinen Händen fassen,
Und konnt es aber nicht.

Ein junger Mann kam eines Tages
Und küßte mich und rief mich seinen Schatz.
Sie legten bald ihn in den Schragen,
Ein anderer nahm seinen Platz.

Wir sind im Frühling durch den Wald gegangen
Und sahen Hirsch und Reh.
Die Bäume blühten und die Vögel sangen,
Vierblättrig stand der Klee.

Ein jeder hat mir Treu in Ewigkeit geschworen,
War aber weit gefehlt.
Zu Amsterdam hab ich mein Ehr verloren,
Ich bin ein Mädchen ums Geld.

In Lichterfelde Ost

Ich hab' einmal ein Mädel gehabt
In Lichterfelde Ost.
Das war wie Frau Venus selber begabt.
Sie hat mich mit Lust und Liebe gelabt
In Lichterfelde Ost.

Sie hatte das schönste schlankeste Bein
In Lichterfelde Ost.
Und wollt' ich besonders zärtlich sein,
So schlug ich ihr eins in die Fresse hinein
In Lichterfelde Ost.

Da kam ein feiner Kavalier
In Lichterfelde Ost.
Sie wurde sein Glück, sein Stück, sein Tier,
Sie sank mit ihm und er mit ihr
In Lichterfelde Ost.

Man brachte sie in das Krankenhaus
In Lichterfelde Ost.
Und als sie nach Monaten kam heraus:
Sie sah wie der Tod von Basel aus
In Lichterfelde Ost.

Jetzt bietet Papierblumen sie feil – noch knapp
In Lichterfelde Ost.
Zuweilen kauf' ich ihr welche ab.

Die leg' ich ihr übers Jahr aufs Grab
In Lichterfelde Ost.

Drei wilde Gänse –
(Volkslied)

Drei wilde Gänse, die flogen über See.
Da schoß der Jäger alle drei,
Und was einmal ins Wasser fiel,
Kommt nimmer in die Höh'.

Drei junge Mädels, die führte ein Kavalier aus,
Und wenn erst ein Mädel mal Sekt genascht,
Liebe genascht, Hiebe genascht –
Die kommt nicht mehr nach Haus.

Und ich pfeife auf meine Jungfernschaft,
Und ich pfeife auf mein Leben.
Der Kerl, der sie mir genommen hat,
Um eins und um zwei und um drei bei der Nacht,
Der kann sie mir nimmer geben.

Geh, schenk mir doch 'n Fuffzger,
Geh, schenk mir doch 'ne Mark.
Ich will mich mit Schnaps besaufen,
Ich will mir eine Villa kaufen
Oder einen Sarg …

Im Obdachlosenasyl

Ich war'n junges Ding,
Man immer frisch und flink,
Da kam von Borsig einer,
Der hatte Zaster und Grips.
So hübsch wie er war keiner
Mit seinem roten Schlips.
Er kaufte mir 'nen neuen Hut,
Wer weiß, wie Liebe tut.
Berlin, o wie süß,
Ist dein Paradies.
Unsere Vaterstadt
Schneidige Mädchen hat.
Schwamm drüber. Tralala.

Ich immer mit'n mit.
Da ging der Kerl verschütt.
Als ich im achten schwanger,
Des Nachts bei Wind und Sturm,
Schleppt ich mich auf'n Anger,
Vergrub das arme Wurm.
Es schrie mein Herz, es brannte mein Blut,
Wer weiß, wie Liebe tut.
Berlin, o wie süß
Ist dein Paradies,
Unsere Vaterstadt
Schneidige Mädchen hat,
Schwamm drüber. Tralala.

Jetzt schieb ich auf'n Strich.
Ich hab 'nen Ludewich.
In einem grünen Wagen
Des Nachts um halber zwee,
Da ha'm sie mich gefahren
In die Charité.
Verwest mein Herz, verfault mein Blut,
Wer weiß, wie Liebe tut.
Berlin, o wie süß
Ist dein Paradies.
Unsere Vaterstadt
Schneidige Mädchen hat.
Schwamm drüber. Tralala.

Krank bin ich allemal.
Es ist mir allens ejal.
Der Weinstock, der trägt Reben,
Und kommt 'n junger Mann,
Ich schenk' ihm was für's Leben,
Daß er an mich denken kann.
Quecksilber und Absud,
Wer weiß, wie Liebe tut.
Berlin, o wie süß
Ist dein Paradies.
Unsere Vaterstadt
Schneidige Mädchen hat.
Schwamm drüber. Tralala.

Er hat als Jöhr

Er hat als Jöhr von fuffzehn Jahren
Mir einst am Wedding uffjetan.
Wir sind nach Köpenick jefahren
Und sahen die Natur uns an.
Ick zog mir aus die rote Jacke.
Er hat für mich det Bier berappt,
Doch nach neun Monaten, au Backe,
Es hat jeschnappt, es hat jeschnappt.

Mein Emil is ne kesse Nummer,
Er hat schon manchen abgekehlt,
Doch fürcht' er sich vor jedem Brummer,
So jut is er, so zart beseelt.
Mir is weiß Gott schon allens piepe,
Ick lag bei ihm im Bett – da trappt
Es uff der Treppe … der Polype …
Es hat jeschnappt, es hat jeschnappt …

Im Hof der ollen Zuchthausschenke
Steht blutbespritzt ein Podium,
Der dove Pastor macht Menkenke,
Man sieht sich noch im Kreise um.
Im Mauereck blüht blauer Flieder,
Die Zunge klebt wie angepappt,
Da saust des Henkers Beil hernieder,
Es hat jeschnappt, es hat jeschnappt …

Ich baumle mit de Beene

Meine Mutter liegt im Bette,
Denn sie kriegt das dritte Kind;
Meine Schwester geht zur Mette,
Weil wir so katholisch sind.
Manchmal troppt mir eine Träne
Und im Herzen puppert's schwer;
Und ich baumle mit de Beene,
Mit de Beene vor mich her.

Neulich kommt ein Herr gegangen
Mit 'nem violetten Shawl,
Und er hat sich eingehangen,
Und es ging nach Jeschkenthal!
Sonntag war's. Er grinste: »Kleene,
Wa, dein Port'menée is leer?«
Und ich baumle mit de Beene,
Mit de Beene vor mich her.

Vater sitzt zum 'zigsten Male,
Wegen »Hm« in Plötzensee,
Und sein Schatz, der schimpft sich Male,
Und der Mutter tut's so weh!
Ja so gut wie der hat's Keener,
Fressen kriegt er und noch mehr,
Und er baumelt mit de Beene,
Mit de Beene vor sich her.

Manchmal in den Vollmondnächten
Is mir gar so wunderlich:
Ob sie meinen Emil brächten,
Weil er auf dem Striche strich!
Früh um dreie krähten Hähne,
Und ein Galgen ragt, und er ...,
Und er baumelt mit de Beene,
Mit de Beene vor sich her.

Bürgerliches Weihnachtsidyll

Was bringt der Weihnachtsmann Emilien?
Ein Strauß von Rosmarin und Lilien.
Sie geht so fleißig auf den Strich.
O Tochter Zions, freue dich!

Doch sieh, was wird sie bleich wie Flieder?
Vom Himmel hoch, da komm ich nieder.
Die Mutter wandelt wie im Traum.
O Tannebaum! O Tannebaum!

O Kind, was hast du da gemacht?
Stille Nacht, heilige Nacht.
Leis hat sie ihr ins Ohr gesungen:
Mama, es ist ein Reis entsprungen!
Papa haut ihr die Fresse breit.
O du selige Weihnachtszeit!

Liebeslied

Hui über drei Oktaven
Glissando unsre Lust.
Laß mich noch einmal schlafen
An deiner Brust.

Fern schleicht der Morgen sachte,
Kein Hahn, kein Köter kläfft.
Du brauchst doch erst um achte
Ins Geschäft.

Laß die Matratze knarren!
Nach hinten schläft der Wirt.
Wie deine Augen starren!
Dein Atem girrt!

Um deine Stirn der Morgen
Flicht einen bleichen Kranz.
Du ruhst in ihm geborgen
Als eine Heilige und Jungfrau ganz.

Trinklied

Ich sitze mit steifer Geste
Wie ein Assessor beim Feste.
Mein Herz schlägt hinter der Weste,
Was weiß ich.
Hielte der Kragen nicht meinen Schädel,
Er rollte in deinen Schoß, Mädel,
Und tränke Tokayer dort edel,
Was weiß ich.

In mir wogt Näh und Ferne.
Prost, goldne Brüder, ihr Sterne!
Die Schenkin aus der Taverne,
Was weiß ich,
Bringt einen vollen Humpen.
Nun sauft, ihr gottvollen Lumpen,
Und qualmt mit euren Stumpen,
Was weiß ich.

Ich streichle mit weinfeuchter Tatze
Dein zartes Fellchen, Katze,
Schon springt ein Knopf am Latze,
Was weiß ich.
Wir wollen das Fest verlassen
Und im Mondschein der alten Gassen
Uns pressen und Liebe prassen,
Was weiß ich.

Es sind so viele gegangen,
Die einst an mir gehangen,
Sie soffen mit mir und sangen,
Was weiß ich.
Und komm ich einst zu sterben,
Soll eins mir nicht verderben,
Du sollst das eine mir erben,
Das weiß ich.

Tango

Tango tönt durch Nacht und Flieder.
Ist's im Kurhaus die Kapelle?
Doch es springt mir in die Glieder,
Und ich dreh' mich schnell und schnelle.

Tango – alle Muskeln spannt er.
Urwald und Lianentriebe,
Jagd und Kampf – und wie ein Panther
Schleich ich durch die Nacht nach Liebe.

Die heiligen drei Könige
(Bettelsingen)

Wir sind die drei Weisen aus dem Morgenland,
Die Sonne, die hat uns so schwarz gebrannt.
Unsere Haut ist schwarz, unsere Seel ist klar,
Doch unser Hemd ist besch … ganz und gar.
Kyrieeleis.

Der erste, der trägt eine lederne Hos',
Der zweite ist gar am A … bloß,
Der dritte hat einen spitzigen Hut,
Auf dem ein Stern sich drehen tut.
Kyrieeleis.

Der erste, der hat den Kopf voll Grind,
Der zweite ist ein unehlich' Kind.
Der dritte nicht Vater, nicht Mutter preist,
Ihn zeugte höchstselbst der heilige Geist.
Kyrieeleis.

Der erste hat einen Pfennig gespart,
Der zweite hat Läuse in seinem Bart,
Der dritte hat noch weniger als nichts,
Er steht im Strahl des göttlichen Lichts.
Kyrieeleis.

Wir sind die heiligen drei Könige,
Wir haben Wünsche nicht wenige.
Den ersten hungert, den zweiten dürst',
Der dritte wünscht sich gebratene Würst.
Kyrieeleis.

Ach, schenkt den armen drei Königen was.
Ein Schöpflöffel aus dem Heringsfaß –
Verschimmelt Brot, verfaulter Fisch,
Da setzen sie sich noch fröhlich zu Tisch.
Kyrieeleis.

Wir singen einen süßen Gesang
Den Weibern auf der Ofenbank.
Wir lassen an einem jeglichen Ort
Einen kleinen heiligen König zum Andenken dort.
Kyrieeleis.

Wir geben euch unseren Segen drein,
Gemischt aus Kuhdreck und Rosmarein.
Wir danken für Schnaps, wir danken für Bier.
Anders Jahr um die Zeit sind wir wieder hier.
Kyrieeleis.

Weihnacht

Ich bin der Tischler Josef,
Meine Frau, die heißet Marie.
Wir finden kein' Arbeit und Herberg'
Im kalten Winter allhie.

Habens der Herr Wirt vom goldnen Stern
Nicht ein Unterkunft für mein Weib?
Einen halbeten Kreuzer zahlert ich gern,
Zu betten den schwangren Leib. –

Ich hab kein Bett für Bettelleut;
Doch scherts euch nur in den Stall.
Gevatter Ochs und Base Kuh
Werden empfangen euch wohl. –

Wir danken dem Herrn Wirt für seine Gnad
Und für die warme Stub.
Der Himmel lohns euch und unser Kind,
Seis Madel oder Bub.

Marie, Marie, was schreist du so sehr? –
Ach Josef, es sein die Wehn.
Bald wirst du den elfenbeinernen Turm,
Das süßeste Wunder sehn. –

Der Josef Hebamme und Bader war
Und hob den lieben Sohn
Aus seiner Mutter dunklem Reich
Auf seinen strohernen Thron.

Da lag er im Stroh. Die Mutter so froh
Sagt Vater Unserm den Dank.
Und Ochs und Esel und Pferd und Hund
Standen fromm dabei.

Aber die Katze sprang auf die Streu
Und wärmte zur Nacht das Kind. –
Davon die Katzen noch heutigen Tags
Maria die liebsten Tiere sind.

Melancholie

Schau, den Finger in der Nase,
Oder an der Stirn,
Zeitigt manche fette Phrase
Das geölte Hirn.

Warum liebt der die Erotik?
Jener die Zigarrn?
Der die Aeropilotik?
Der den Kaiserschmarrn?

Warum geht's uns meistens dreckig?
Weshalb schreib ich dies Gedicht?
Warum ist das Zebra fleckig
Und Mariechen nicht?

Dennoch ahnt man irgendwie
Gottes Qualverwandtschaft,
Trifft man unerwartet sie
Draußen in der Landschaft.

Der kleine Mörder

Er wußte nicht, warum er so elend war
Und warum der Himmel an jenem Abend so schwelend war.
Sein Schädeldeckel war aufgeklappt und Fliegen setzten sich auf sein rosiges Hirn
Und leckten daran. Göttliche Gedanken schienen ihn zu durchirr'n.
Wenn er das Messer nähme und sich die große Zehe abschnitt?
Oder ginge er lieber auf den Abtritt,
Und spielte mit sich, über den Abfluß geneigt? –
Da hat sich seine kleine Schwester in der Küche gezeigt.
Er hob ihr den Rock hoch und stieß ihr die große Kelle
In den Schoß, daß sie schrie. Ihn trug die Welle
Des Abendrotes durch die Wolken hin.
Er sah nichts mehr.
Er fühlte nichts mehr.
Ihn trieb die rote Flut, das rote Meer
Zu einem uferlosen Ziel.
Er fiel
Lächelnd über die kleine Leiche hin.

Der Backfisch

1

Papa ist heute furchtbar aufgeschwemmt.
Er blinzelt müde in die Morgenzeitung.
Mama im Morgenrock und ungekämmt,
Befaßt sich mit des Kaffees Zubereitung.

Dann spricht sie: Anton! Komm! Es wird bald Zeit!
Du darfst mir das Büro nicht noch versäumen! –
Ich sitz am Tisch in meinem Rosakleid
Und will den ganzen Tag in Rosa träumen.

2

Sie sagen in der ersten Mädchenklasse manchmal
  unanständige Sachen.
Ob Maria sich damit befasse?
Der Primaner Hubert hat doch Rasse.
Und sie lachen.

Und wir heben unsre Kleider, zeigen unsre hübschen Beine.
Manche möchten mit nervösen
Fingern sich zum Scherz ihr Mieder lösen …
Und ich weine …

An die Natur
(Gedicht des Lehrers)

Natur! Natur! Du Götterwelt!
Wie bist du prächtig aufgestellt
Mit Bergen groß und Tälern klein,
Es hat wohl müssen also sein.

Und mittendrin in der Natur
Dehnt sich die grüne Wiesenflur,
Im Winter ist sie weiß beschneit,
So hat ein Jedes seine Zeit.

Auch du, auch du, o Menschenkind,
Bedenke, wie die Zeit verrinnt.
Heut rauscht sie mächtig noch daher
Und morgen sieht man sie nicht mehr.

Frisch auf, frisch auf, mit Hörnerklang
Durch das verschneite Tal entlang,
Die Glöckchen klingeln am Geläut:
Gestern war gestern, morgen wird morgen sein,
heute ist heut.

Pogrom

Am Sonntag fällt ein kleines Wort im Dom,
Am Montag rollt es wachsend durch die Gasse,
Am Dienstag spricht man schon vom Rassenhasse,
Am Mittwoch rauscht und raschelt es: Pogrom!

Am Donnerstag weiß man es ganz bestimmt:
Die Juden sind an Rußlands Elend schuldig!
Wir waren nur bis dato zu geduldig.
(Worauf man einige Schlucke Wodka nimmt …)

Der Freitag bringt die rituelle Leiche,
Man stößt den Juden Flüche in die Rippen
Mit festen Messern, daß sie rückwärts kippen.
Die Frauen wirft man in diverse Teiche.

Am Samstag liest man in der »guten« Presse:
Die kleine Rauferei sei schon behoben,
Man müsse Gott und die Regierung loben …
(Denn andernfalls kriegt man eins in die Fresse.)

Lied der Zeitfreiwilligen

Ich bin ein Zeitfreiwilliger,
Und stehle dem lieben Gott die Zeit.
Es lebt sich billiger,
wenn man: Nieder mit den verfluchten Spartakisten schreit.
Fuffzehn Märker den Tag.
Daneben allens frei.
Es ist ein herrliches Leben.
Juchhei.

Ich verdiente mir meine Sporen
Bei Kapp.
Als dessen Sache verloren,
Zog ich ab.
Ich gehöre wieder zu den Regierungstreu'n
Und habe den Schutz der Verfassung erkoren.
Ich breche alle Eide von acht bis neun,
Die ich von sieben bis acht geschworen.

Neulich bei Mechterstädt: Pst …
Zeigten wir's den Arbeiterlaffen.
Falls es irgendwo ruhig ist,
Muß man eben künstlich Unruhe schaffen.
Laßt die Maschinengewehre streichen!
Ins Kabuff. Immer feste druff.
Unsere Anatomie braucht Leichen.

Regenschirmparaden

Vor unserm Feldmarschall, dem Ruppert:
Wie manches Heldenherz da puppert.
Man sieht mit Schirmen und mit Stöcken
Vorbeimarschier'n die alten Recken.

Mit achtzig und mit neunzig Jahren
Sind sie von weitem hergefahren,
Um mit den wackeligen Gliedern
Den Königsgruß steif zu erwidern.

Ach, besser wär's, ihr alten Knaben,
Ein Rückgrat überhaupt zu haben
Im Leben und daheim im Laden
Und nicht bei völkischen Paraden.

Wenn ihr im Feld spazieren tut,
Zieht ihr da euren Sonntagshut
Und reckt ihr euch aus den Gesträuchen
Vor den (zum Beispiel) Vogelscheuchen?

Oberammergau in Amerika

Was unsern Christus Lang betrifft,
So hatte er sich eingeschifft,
Um in atlantischen Bezirken
Für's heilige Christentum zu wirken.

In Boston war er hinterm Zaun
Wie'n Gnu für'n Dollar anzuschau'n,
Mit ihm im feschen Dirndlkleid
Maria Magdala. All right.

Es wußten Mister, Miß und Missis
Bisher von Christus nichts gewisses,
Bis salbungsvoll und blondbehaart
Er sich leibhaftig offenbart.

Er kommt aus Bayerns Urwaldwildnis,
Verkauft für zwanzig Cents sein Bildnis
Mit Palme, Kreuz und Oelbaumreis.
(In Holz geschnitzt ein höherer Preis.)

Ach, manche Miß entbrannte schon
Für ihn in großer – yes – Passion.
Barnum erblaßt vor Neid und kläfft:
Weiß Gott, sein Sohn versteht's Geschäft …

Gang durch den herbstlichen Wald

Es kommt der Herbst. Die Luft saust kalt.
Kein lieber Gott geht durch den Wald.
Ein alter Mann von siebenzig
Sucht Feuerung für den Winter sich.

Auch unser Herz ist ausgeloht
Und etwas Feuerung täte not.
Wie runzlig blickt das ganze Land
Und riecht nach Fäulnis penetrant.

Im Sand verrinnen allgemach
Der Wittels- und der Fechenbach.
Im Moor, dort, wo man stach den Torf,
Verfällt das alte Ludendorff.

Mit Halali und mit Geheil
Nimmt an der Ebertjagd man teil.
Wer jetzt nicht liebt Sang, Weib und Wein –
Fest steht und treu der Schacht am Rhein.

Man leert die Hosentaschen aus.
Kein Rentenpfennig drin, o Graus.
Versuchs und stell' dich auf den Kopf:
Ach, kein Gedanke drin, du Tropf!

Verdreckt, verreckt, verhurt, verlumpt –
Wer, der uns noch 'nen Taler pumpt?
Es bringt der allgemeine Dalles
Noch Deutschland, Deutschland unter alles.

Du kleines Köhlermädchen, sei
Im Moose meine Herbstesfei.
Der Regen rinnt. Es weint der Wind,
Weil wir so schrecklich einsam sind.

Es kommt der Herbst. Die Luft saust kalt.
Ein Schauer streicht durch Welt und Wald.
Gib mir den Mund. Komm zu mir her.
Umarme mich. Mich friert so sehr.

Zauberberg

DER HEISSE STROM
Rinnt.
Ein totes Herz
Schlägt schnell.

Eine Maus
Nagt an der Wand.
Der Vorhang weht
Kalt.

Im Gang
Noch Licht.
Die Schwester eilt.
Ein Sterbender glänzt.

Geflüster nebenan
Und Glück.
Verzweifelte betasten
Ihren Leib.

Man erwacht im Sanatorium

Eimer klirrt, es klatscht der Besen.
Heiliger wie ein Oratorium
Tönt der Tag: geweint … gewesen …

Gültig gehn des Arztes Schritte,
Eine Schwester hüpft daneben.
Aus der Finsternisse Mitte
Schlägt ein Uhrenschlag ins Leben.

Emsig schon an der Tabelle
Träumt ein Assistent bedeutend.
Und ich ziehe an der Schelle,
Tee und Tag zum Bette läutend.

Davoser Bar

Die rosa Sängerin mit jenem Juden,
Der achtungheischend ein Monokel trägt,
Fühlt sich vom Lärm der laubenbunten Buden
Ersichtlich auf- und ab- und angeregt.

Er dreht mit ihr sich rund im Karusselle,
Er lüftet ihr den gelbpunktierten Sekt,
Indem die oberitalienische Kapelle
Sich selbst und andre mit Musik befleckt.

Ein Herr tanzt exaltiert wie ein Tuberkel,
Des Frackes Schöße zwitschern vogelgleich.
Die rosa Sängerin hält fürstlich Cercle.
Ein Oberleutnant pokert schreckensbleich.

Ein Jüngling träumt von einer fernsten Ferne.
Aus seiner ausgeschnittnen Weste stiert
Die Höhlung einer riesigen Kaverne,
In der die Nacht wie eine Palme friert.

Mond über Davos

Was wissen wir von Ihm, der über uns
Des Mondes Barke im Wolkenmeere lenkt?
Er fährt dahin, und hinter der Lavastirn
  Brennen und leuchten die Gedanken.

Was aber denkt Er, über den Rand des Monds
Hinab auf unsere arme Erde gebeugt?
Er sieht. Was sieht Er? Seine Blicke
  Stoßen durch unseren Leib wie Speere.

Und blutend sinken wir in die Knie. Der Schrei
Von Tausenden stößt an das Firmament.
Dort segelt Er in seinem leichten Kahne,
  Lächelt so licht, von goldnen Fahrten trunken.

Davoser Elegie

Wieder bricht ein Tag mit himbeerrotem Glanz über die verschneiten Berge.
Ich wache auf und erschrecke sanft.
Da bin ich wieder: zurückgekehrt aus dem warmen Sarge des Schlafs
Und muß schwer atmen, leicht lächeln, seufzen, erkennen, sein.

Die Kuckucksuhr schlägt neun.
Der Teller mit Früchten auf dem Nachttisch hat eine Musikmechanik in sich;
Hebt man ihn auf, spielt er Morgenrot, Morgenrot –
Es wird also Zeit, das Frühstück herbeizuklingeln.
Das rothaarige, morgenrothaarige, haarige Dienstmädchen erscheint,
Anzusehn wie Sankta Barbara, die Schutzheilige der Kanoniere.
Weil sie der erste frühe Bote der Menschheit,
Ist sie mir höchlich verhaßt.

Es ist eine schöne Frau auf der Welt, die mich (vielleicht) liebt.
Weil ich nicht sprechen kann, verschweige ich mein Herz.
Man soll nicht zu große Worte und zu große Tiraden machen.
Sie werden leicht überheblich.
Kennen den Vater nicht mehr, nicht die Mutter.
Zum Beispiel Alexander der Große.
Lassen wir das humanistische Gymnasium.

Ein Vogel zwitschert.
Es wird ein Spatz sein,
Der auf dem Balkon in den steinharten, gefrorenen Kuchen pickt, den ich gestern stehen ließ.
Oder sollte es ein Geier sein, der seinen Prometheus sucht?
Wenn ich nach Zürich fahre,
Werden sich alle Leute in der Pension aufregen:
Kaum von den Toten auferstanden und schon wieder hehe.

Man modelliert mich, man zeichnet mich,
Man schneidet mich in Holz: Engel mit der Lyra.
Ich werde zurzeit von zwei Aerzten und drei Künstlern behandelt.
Der Bildhauer M. seziert mich ausgezeichnet.
Der Doktor R. hat mich (mit seinem glühenden Stahl) fabelhaft getroffen.

Sind Sie schwach auf der Lunge:
Kommen Sie, besuchen Sie mich hier oben im Tal des Friedens
(Den Prospekt sendet Ihnen der Kurverein auf Wunsch.)!
Sie werden zwar auch hier keine Ruhe finden, –
Aber Sie werden Liegekur machen, sich vollfressen,
Den Kehlkopf ausgebrannt bekommen, liebeln und pokern.
Sie werden einige Jahre länger leben.
Und wir hängen doch alle am Leben wie die Schächer am Kreuz.

Die ferne Flöte – Nachdichtungen

Der Tanz auf der Wolke

Als ich zu meiner Yadeflöte sang,
War es den Menschen wie ein dunkles Haus.
Sie höhnten furchtsam meine Lieder aus.
Da hob die Flöte ich zu den Unsterblichen.

Die Götter tanzten hell auf sanft erglühter Wolke.
Die Menschen, die die Tänzer sahen, wichen beglückt.
Und Jubel wuchs wie Sterngesträuch im Volke,
Als ich zu meiner Yadeflöte sang.

Li-tai-pe

Die ferne Flöte

Abend atmete aus Blumenblüten,
Als im fernen Winde wer die Flöte blies.
Laßt mich eine Gerte von den Zweigen brechen,
Flöte schnitzen und wie jene Flöte tun.

Wenn die Nächte nun
Ihren Schlaf behüten,
Hören Vögel, wie zwei Flöten süß
Ihre Sprache sprechen.

Li-tai-pe

Schenke im Frühling

Sieben Schimmel
Traben
Über Berg und Himmel.
Blütenwind muß Sporen haben.
Vor der Schenke wacht
Eine alte Vettel.
Sieben Herren beugen sich auf ihre silberweißen Sättel.
Sieben sind bedacht:
Frühling, junge Mädchen, guter Wein –
Sieben treten ein.

Li-tai-pe

Die Kaiserin

Die Yadetreppe glitzert weiß von Tau.
Es streift das schleppende Gewand der hohen Frau
Die Tropfen leise ab. Sie schattet mit der Linken ihr Gesicht,
Weil durch den Pavillon der Mondstrahl bricht.

Sie schlägt den Perlenteppich hinter sich zusammen.

Er rauscht, ein Wasserfall, im Mondlicht nieder.
Verrieselt. Über ihre schlanken Glieder
Zuckt grell des ersten Frostes Kälteschauer. –

Gefüllt mit einer unklagbaren Trauer
Betrachtet sie des Herbstmonds milde Flammen.

Li-tai-pe

Der Silberreiher

Im Herbst kreist einsam überm grauen Weiher
Von Schnee bereift ein alter Silberreiher.

Ich stehe einsam an des Weihers Strand,
Die Hand am Blick, und äuge stumm ins Land.

Li-tai-pe

Singende Gespenster

Herunter mit dem Yadekrug
In einem Zug!
Licht blüht an allen Wegen.
Ich habe nimmermehr genug.
Ich bin ein Pflug. Ein Wolkenflug;
Und Blumen springen mir entgegen.

Die Lippe lallt. Die Wimper wacht.
Es öffnet sacht
Sich über mir ein Fenster.
Ein Vogelschwarm schwebt durch die Nacht,
Durch unsrer Herzen dunkle Nacht,
Wie singende Gespenster.

Li-tai-pe

Zu dieser Ausgabe

Über Alfred Henschke (1890–1928), der sich seit 1913 Klabund nannte, schreibt Franz Blei (1871–1942) in seinem 1920 erschienenen *Bestiarium literaricum*, das die Schriftsteller seiner Zeit in zoologischen Kurzsatiren abzuhandeln versuchte:

»Der Klabund ist ein überaus buntfarbiger Kugelkäfer, dem seine natürliche Buntheit noch nicht genügt. Wo immer er was Farbiges findet, rollt er sich darin herum, so lange, bis er auf seinen kleinen Stacheln einiges davon aufgespießt hat, was ihn noch bunter erscheinen läßt, als er ist. Solches macht dem Klabunde Spaß.« (In erweiterter Form 1924 unter dem Titel *Das große Bestiarium der modernen Literatur* erschienen.)

Angesichts seines Alters – Klabund ist gerade erst 30 respektive 34 Jahre alt – mochte diese Beschreibung in den Augen seines Verfassers vielleicht nur Vorläufigkeitsstatus beanspruchen. Aber Klabund, der seit seinem 16. Lebensjahr an Tuberkulose erkrankt war, hatte nur noch wenige Jahre zu leben, in denen seine künstlerische Existenz keine grundlegende Wandlung mehr erfuhr. Franz Blei traf, wie fast immer, damit auch mit Klabunds Charakterisierung ins Schwarze. Das zoologisch-lyrische Porträt bedarf keiner Korrekturen, allenfalls einiger Erläuterungen, denn wiewohl der Dichter nie ganz vergessen wurde, es wurde ihm auch keine große Wiederentdeckung zuteil. Über den in den zwanziger Jahren überaus bekannten »bunten Kugelkäfer« weiß man heute nicht eben viel zu sagen. Daran könnten die im Augenblick erscheinenden beiden großen Werkausgaben, die sog. Heidelberger und die Berliner Ausgabe, vielleicht etwas ändern.*

Ein Hauptstichwort in Charakterisierung von Klabunds Person und seines Werkes ist schon gefallen: »Wandlung«. Es beinhaltet zwei Aspekte. Da wäre zunächst Klabunds ungeheuere Wandlungsfähigkeit zu nennen: sein Talent, sich unterschiedlichsten literarischen Temperamenten anzunähern, entgegengesetzteste Stoffe zu verarbeiten, viele Stile gleichzeitig zu pflegen und quer durch alle Gattungen und Genres zu produzieren. Die Zeitgenossen und die Kritiker haben das einerseits bewundert, aber zuzeiten auch bespöttelt, und etwas von dieser Ambivalenz klingt in Franz Bleis literarischem Tierleben an, das dem »Kla-

* KLABUND: *Sämtliche Werke in 6 Bänden und 18 Teilbänden.* Hrsg. von Hans-Gert Roloff. Amsterdam, Atlanta, Würzburg: Rodopi, Königshausen & Neumann 1998 ff.

– Band I: *Lyrik.* Teile 1–2. Hrsg. von Ramazan Sen. 1998.

– Band V: *Nachdichtungen und Übersetzungen.* Hrsg. von Jutta Dahn-Liu. Erster Teil: Nachdichtungen aus dem Chinesischen, Japanischen und Persischen. 2001.

KLABUND: *Werke in acht Bänden.* In Zusammenarbeit mit Ralf Georg Bogner, Joachim Grage und Julian Paulus hrsg. von Christian v. Zimmermann. Heidelberg: Elfenbein 1998 ff.

– Band 4: *Gedichte, Teil 1 und Teil 2.* Hrsg. von Ralf Georg Bogner. 2000.

– Band 7: *Übersetzungen und Nachdichtungen.* Hrsg. von Christian v. Zimmermann. 2001.

bunde« nicht nur natürliche Buntheit attestiert, sondern geradezu Unersättlichkeit betreffs Farben und Farbigkeit.

Neben dem Aspekt der Vielfältigkeit ist zum anderen aber auch der Hinweis auf Klabunds Wandlungsfähigkeit im Sinne einer – und nur *einer* – grundlegenden und radikalen Veränderung seiner künstlerischen Existenz wichtig und bedeutsam. Sie wurde keine Absage an seine stilistische Virtuosität und Wandlungsfähigkeit, keine Verzichtserklärung auf die exzessive Verwendung seiner Farbpalette, sondern die Wandlung, die hier gemeint ist, bestimmte ab etwa 1916 seinen reichlichen Farbeinsatz konsequent für einen Zweck: gegen den Krieg.

Auch Klabund gehörte wie viele seiner expressionistischen Dichterkollegen beim Ausbruch des Ersten Weltkrieges zu den lautstarken Befürwortern des Waffengangs. In populär gewordenen Sammlungen machte der wegen seiner Lungenkrankheit als Kriegsfreiwilliger zurückgewiesene Autor kein Hehl aus seiner Kriegsbegeisterung. Die Wandlung kam 1916 und sie hatte einen Namen: Brunhilde Heberle. Klabund lernte die 20jährige blonde Passauerin in Davos kennen. Unter dem Eindruck der Begegnung mit der jungen Frau entstanden aus dem Geiste bitterer Selbstanklagen nicht weniger »bunte«, aber thematisch eindeutig lyrische Gebilde mit stark antimilitaristischer Tendenz, die für eine umfassende Versöhnung der Menschheit plädierten. Klabund gab seiner späteren Frau in seinen Gedichten den aus dem Griechischen abzuleitenden Namen Irene (= Friede). 1917/1918 veröffentlichte er sie in zwei Sammlungen unter dem Titel *Irene, oder die Gesinnung* und *Die kleinen Verse für Irene.* 1919 und 1920 sollten nach dem Tod seiner Frau im Kindbett noch *Die Oden auf Irene* und *Die Sonette auf Irene* folgen. In den beiden berühmt gewordenen Versen des Buches *Irene, oder die Gesinnung*, das das Bekenntnis schon im Titel trägt –

»Mein Name Klabund.
Das heißt: Wandlung« –,

gelingt es dem Dichter den komplexen Vorgang seiner Wendung zum leidenschaftlichen Kriegsgegner prägnant zu verdichten. Sein aus KLAbautermann und VagaBUND gebildetes Pseudonym, das bisher sein künstlerisches Profil beschreiben sollte, hatte nun eine existentielle Überhöhung erhalten, die trotz der Radikalität in der Sache keine Absage an seine bisherigen literarisch-parodistischen Verfahrensweisen sein musste. Klabund konnte in seiner Manier unter veränderter Tendenz weiterarbeiten.

Auch diese Manier hatte einen Namen: Frank Wedekind. Schon der erste Gedichtband *Morgenrot! Klabund! Die Tage dämmern!* 1913 steht entschieden unter dem Stern seines Vorbilds. Klabund tauchte während seines Studiums in München in dessen Dunstkreis ein, als er bei Professor Artur Kutscher Theaterwissenschaften studierte. Sein damaliger, um 18 Jahre älterer Freund und Förderer Walther Heinrichs beschreibt in einer als imaginärer Brief gestalteten Rezension die Vorbildhaftigkeit des mit der wilhelminischen Obrigkeit im Dauerkampf liegenden antibürgerlichen Dichtergenies:

»Lieber Klabund,
Gedichte? Ein lockeres Bündel Gedichte? Nein, Sie haben ein wunderschönes, leichtes, schimmerndes, buntes Buch geschrieben; ein Buch, ganz voll Jugend, von *Ihrer* Jugend, in der die paar Wedekinder nur wie Nachbarskinder sind, die mit Ihnen spielen – ein Buch, das nur ein recht von Herzen junger Mensch schreiben kann.«*

Klabunds Debüt mit seinen »Wedekindern« erregte rasch Aufsehen. Seine provozierend-antibürgerliche, nonchalantnormverletzende Virtuosität ließ ihn wie Wedekind schnell mit der Obrigkeit und der Staatsanwaltschaft in Konflikt geraten. Später, in den Wirren der Münchner Räterepublik, lernte er das Gefängnis sogar von innen kennen. Um so erstaunlicher mutet es an, dass Klabund bei solch rotzigaggressiver Attitüde, bei seinem durch die Krankheit und die frühe Todeserfahrung melancholisch-gebrochenen Naturell und seiner selbstironisch-distanzierten Grundhaltung dem Taumel von 1914 erlag. Zwar zeigen selbst seine Soldatenlieder und nationalistischen Kriegsgesänge – sie erfreuten sich hoher Auflagen und eines großen Zuspruchs – seine an Heinrich Heine und Achim von Arnims und Cle-

* Ernst Heinrich (Hrsg.): *Klabund. Briefe an einen Freund.* Köln/Berlin: Kiepenheuer & Witsch 1963, S. 150.

mens Brentanos *Wunderhorn* geschulte stilistische Fähigkeit zur parodistischen und pasticciohaften Anverwandlung, aber ihr Heldenton und ihr kriegsverherrlichendes Schlagwort-, Motiv- und Formenrepertoire muss einen Auswahlband wie diesen hier nicht interessieren.

Viel weniger zeitgebunden und für eine Auswahl entschieden interessanter ist dagegen jene Lyrik seiner »Wandlung« zum Pazifismus, und zwar weniger diejenige, die nun weltanschaulich entgegengesetzt getönt ist, sondern jene autobiographisch grundierten Verse in sehr unterschiedlichen Tonlagen und Formen, die vor allem Liebeslyrik sind. Die Gedichte um die Liebe und den frühen Tod im Kindbett von Klabunds erster Frau entfalten in ihren liedhaft schlichten, aber auch in ihren elegisch subtilen Weisen und in den strengeren Gattungen der Ode und des Sonetts einen tiefen Zauber, der den öfter erhobenen Vorwurf klingender Unverbindlichkeit und klingelnder Reimerei schnell entkräftet.

Wie wenig die »Wandlung« vom Kriegsbefürworter zum Pazifisten in seinen »irenischen« Gedichten eine Einschränkung seiner Buntheit, sprich Wandlungsfähigkeit darstellt, zeigt der Umstand, dass die Jahre im Zeichen Irenes auch noch eine Produktivität jenseits der Liebesthematik zeitigten. Klabund entdeckte die Tradition der Vagantendichtung eines François Villon (1431 bis um 1463). In freier Nachdichtung setzt er für Bertolt Brechts Entlehnungen und Paul Zechs Übertragungen frühe Akzente, und er erobert sich von dessen Chansons angeregt die Liedermacherwelt des schwedischen Anakreon Carl Michael Bellman (1740–1795) und die Liedwelt des erotisch-sinnlichen Johann Christian Günther (1695–1723).

Aus dieser Anverwandlung und Hinwendung zu den sozial Ausgestoßenen, zur Vagabunden- und Dirnenwelt der Vergangenheit in seinen freien Übersetzungen und Nachdichtungen schafft sich Klabund, eingedenk seiner eigenen rotzig-frechen Anfänge im Zeichen Wedekinds, nach und nach ein persönliches Formen- und Themeninventar für die Schieber-, Ganoven- und Hurenwelt seiner Großstadtgegenwart. Er produziert hochaktuelle Gebrauchslyrik fürs Kabarett: Chansons, Bänkel- und Protestsongs, Brettl-Lieder und Schlagertexte in parodistischer Zitatmontage, in Centomanier, in Kontrafakturtechnik mit Refrains und jeder Menge Anklänge an die Balladen- und die noch volkstümlichere Moritatentradition.

Nicht nur, aber doch sehr repräsentativ zusammengestellt, finden sich diese Arbeiten in Klabunds letzter zu Lebzeiten erschienener Gedichtsammlung, der *Harfenjule* (1927). Er nennt die auf Zeitungspapier gedruckten Texte im Untertitel »Neue Zeit-, Streit- und Leidgedichte«. Sie haben bis heute wenig von ihrer anklägerischen Prägnanz und ihrem beißenden Spott auf Spießertum, Militarismus und soziale Schieflagen verloren. Sie können sich mit dem Besten messen, was vergleichsweise Bert Brecht, Walter Mehring oder Kurt Tucholsky in dieser Hinsicht geleistet haben. Klabund hat die schnoddrige Sachlichkeit und den unverhohlen kritischen Gegenwartsbezug noch dadurch zu erhöhen versucht, dass er ihre lyrischen Formen und Strukturen zu verstecken suchte. Er hat die Gedichte ohne Zeilenfall wie Prosa gedruckt. Man sollte von dieser Druckanordnung vielleicht wissen, auch wenn der Herausgeber sich in diesen Fällen aus guten Gründen gegen das Prinzip des Erstdrucks entschieden hat. Die Formsicherheit Klabunds, seine Technik der Reimüberraschung und seine Kunstfertigkeit in Variierung und Registrierung seiner Texte nach bekannten Mustern geht durch das nivellierende Druckbild ziemlich verloren.

Einen Aspekt von Klabunds Werk wollte diese Anthologie, wiewohl sie sich umfangmäßig sehr beschränken muss, dennoch nicht gänzlich vernachlässigen: Klabunds Nachdichtungen aus dem Persischen, dem Japanischen und dem Chinesischen. Sie erfreuten sich großer Beliebtheit und machten einen Teil seines zeitgenössischen Erfolgs beim Publikum aus. In einer autobiographischen Skizze erklärt Klabund:

»In der chinesischen Lyrik, die er [Klabund!] nach und neu gedichtet hat, fand er nichts anderes als eine Bestätigung seiner selbst.«*

Dieses »Selbst« in der Literatur seiner Zeit definiert Klabund schließlich als eine »neue Romantik«. Nach dem

* Paul Raabe (Hrsg.): *Klabund in Davos. Texte, Bilder, Dokumente*. Zürich: Arche Verlag 1990, S. 110–112.

notwendigen Umweg über den Expressionismus sei sie im Zeichen einer »mystischen Sachlichkeit« angetreten, einer »realistischen« Sicht der Dinge zu huldigen. Dieser »neuen Romantik« sei auch, so Klabund in ebendieser Skizze über sich, »der Dichter Klabund zuzuzählen«. Die den Expressionismus überwindende neue Stilrichtung steht anders als dieser mit beiden Beinen fest auf der Erde und objektiviert das Leben, wie auch immer es sich persönlich gestaltet.

»Das Leben lebt. Ich hör es, seh es, fühl es!
Ob ich dabei, was schiert sich's drum? Es lebt.«*

Der Tod seiner geliebten Frau stürzte Klabund in jahrelangen Pessimismus, aus dem er erst wieder 1920 zu erwachen beginnt. Acht Jahre verbleiben ihm noch, aus der persönlichen Erfahrung heraus diesem unerbittlich grausam-schönen Leben literarisch Paroli zu bieten, dem »leichten Tanz des ewigen Gewühles« einen unsentimentalen poetischen Takt vorzugeben, stets eingedenk der höchst sentimentalen Einsicht:
»Das Leben lebt … – … Irene, die mich aufwärts hebt.«

Joseph Kiermeier-Debre

* Vgl. Klabund: *Die Sonette auf Irene*, 1920, Nr. XXIX; in dieser Ausgabe S. 57.

Alphabetisches Verzeichnis der Gedichtüberschriften und Gedichtanfänge

Die Gedichtüberschriften sind »*kursiv*« gesetzt, die Gedichtanfänge »recte«. Die Zahlen in runden Klammern – (*H* 1916) – hinter den Titeln geben das Jahr des Erstdrucks wieder. Sie sind mit folgenden Siglen versehen:

B	=	*Klabund. Briefe an einen Freund.* Hrsg. von Ernst Heinrich. Köln/Berlin: Kiepenheuer & Witsch 1963.
D	=	*Dreiklang. Ein Gedichtwerk* (1920)
G	=	*Gedichte* (1926)
Hfj	=	*Die Harfenjule. Neue Zeit-, Streit- und Leidgedichte* (1927)
HH	=	*Hört! Hört!* (1919)
HHz	=	*Das heiße Herz. Balladen, Mythen, Gedichte* (1922)
Hl	=	*Die Himmelsleiter. Neue Gedichte* (1916)
HV	=	*Der himmlische Vagant. Ein lyrisches Porträt des François Villon* (1919)
I	=	*Irene, oder die Gesinnung. Ein Gesang* (1917)
KKB	=	*Kleines Klabund-Buch. Novellen und Lieder* (1921)
Lb	=	*Lesebuch. Vers und Prosa* (1926)
Li	=	*Li tai-pe. Nachdichtungen* (1916)
Lk	=	*Der Leierkastenmann. Volkslieder der Gegenwart* (1917)
M	=	*Morgenrot! Klabund! Die Tage dämmern!* (1913)
S	=	*Die Sonette auf Irene* (1920)
VfI	=	*Die kleinen Verse für Irene* (1918)